O menino que falava a língua dos cães

JOANNA GRUDA

O menino que falava a língua dos cães

Tradução
Clóvis Marques

1ª edição

Rio de Janeiro | 2018

Copyright © Les Éditions du Boréal 2013

Título original: *L'enfant qui savait parler la langue des chiens*

Capa: Lívia Prata

Imagens de capa: Menino segurando cachorrinho/H. Armstrong Roberts/Classic Stock/Getty Images; Gueto judeu em Varsóvia/Everett Historical/Shutterstock; Aviões de combate da Segunda Guerra Mundial/Ian Cholakov/Shutterstock

Texto revisado segundo o novo
Acordo Ortográfico da Língua Portuguesa

2018
Impresso no Brasil
Printed in Brazil

CIP-BRASIL. CATALOGAÇÃO NA PUBLICAÇÃO
SINDICATO NACIONAL DOS EDITORES DE LIVROS, RJ

G931m

Gruda, Joanna
  O menino que falava a língua dos cães / Joanna Gruda; tradução de Clóvis Marques. – 1ª ed. – Rio de Janeiro: Bertrand Brasil, 2018.
  272 p.; 21 cm.

  Tradução de: L'enfant qui savait parler la langue des chiens
  ISBN 978-85-286-2237-9

  1. Romance polonês. I. Marques, Clóvis. II. Título.

18-47030

CDD: 891.853
CDU: 821.162.1-3

Todos os direitos reservados pela:
EDITORA BERTRAND BRASIL LTDA.
Rua Argentina, 171 – 2º andar – São Cristóvão
20921-380 – Rio de Janeiro – RJ
Tel.: (21) 2585-2000 – Fax: (21) 2585-2084

Não é permitida a reprodução total ou parcial desta obra, por quaisquer meios, sem a prévia autorização por escrito da Editora.

Atendimento e venda direta ao leitor:
mdireto@record.com.br ou (21) 2585-2002

A Julek, mil vezes obrigada por sua vida eletrizante.
A Geneviève, que amava as crianças de olhos azuis.

PRÓLOGO

Quando eu era pequeno, eu tinha pais. E também um tio e uma tia. Depois, fui mandado para um orfanato. E então veio a guerra, como para todo mundo. Depois da guerra, eu tinha pais. E também um tio e uma tia. Mas eles já não eram mais os mesmos.

Minha história começa no dia 17 de março de 1929. É uma data muito importante para mim, pois foi nesse dia que a minha vida foi posta em votação.

Aqui estamos em Moscou, na reunião de uma célula do KPP, o Partido Comunista Polonês. Terceira questão na ordem do dia: a companheira Helena Rappoport está grávida. Poderá levar adiante a gestação ou terá de se submeter a um aborto? A discussão é acirrada. Alguns não veem com bons olhos essa gravidez, que pode dar a outras mulheres engajadas na revolução proletária o desejo de se reproduzir (ato considerado altamente antirrevolucionário nesses anos conturbados). Outros, pelo contrário, consideram que é bom trazer ao mundo futuros revolucionários, que poderão levar a luta adiante. Esses recebem como resposta que sua visão do futuro é pessimista, pois é evidente que, quando essas crianças estiverem em idade de se engajar na luta de classes, o comunismo já terá conquistado a maior parte dos países europeus. A companheira Helena Rappoport e as demais com projetos de procriação terão tempo suficiente então para povoar todos esses países onde as pessoas viverão felizes em um regime igualitário.

Depois de duas horas de intenso debate, tem início a votação. Veredito: a companheira Rappoport não será obrigada a interromper a gravidez. Mas não poderá criar a criança que vai nascer, pois teria que deixar de lado seu engajamento político. Ela própria é então autorizada a decidir, consultando se quiser o pai — o companheiro Michal Gruda — sobre o que será feito com o bebê. A tal criança chegará ao mundo a 3 de novembro de 1929, exatamente dez dias depois da famosa Quinta-Feira Negra, prova incontestável da total desorientação do capitalismo.

Meu pai, que defendeu a minha vida com muito mais fervor que minha mãe na reunião em que foi debatido o meu futuro, ou a minha ausência de futuro, faz o que faria qualquer bom polonês ao tomar conhecimento do nascimento do seu primogênito: corre para anunciar a boa-nova aos amigos, a cada vez regando o acontecimento com um copo de vodca.

Foi assim que, anos depois, quando fui estudar na União Soviética e aproveitei para finalmente tentar conseguir documentos atestando o meu nascimento... fiquei sabendo que eu não existia. Pelo menos não com o nome de Julian Gruda. A funcionária que me recebeu informou sobre a existência de certo Ludwik Gruda, nascido em Moscou no dia 3 de novembro de 1929.

Telefonei então para os meus pais em Varsóvia. Depois de ouvir minha história, minha mãe chegou à conclusão de que, considerando-se que por muito tempo eles não tinham se decidido entre os nomes de dois famosos revolucionários poloneses — Ludwik Warynski e Julian Marchlewski —, meu pai, que havia comemorado meu nascimento a noite inteira com grandes goles de vodca, provavelmente se enganou de herói ao fazer o registro civil. E que, na ressaca do dia seguinte, deve ter se esquecido do nome que registrou na certidão de nascimento. Não fosse minha enorme pressa, na época, de finalmente botar a mão em documentos com meu nome verdadeiro, eu certamente teria achado a situação divertida, sobretudo porque era muito difícil imaginar o meu pai bêbado.

Pronto, foi assim que começou a minha vida, com uma votação do Partido Comunista Polonês. Que me foi favorável. Fetos de todo o mundo, uni-vos!

Agora que a questão da votação sobre o meu direito à vida já é do conhecimento de todos, convido-os a voltar um pouco no tempo, até 1902, mais de 27 anos antes do meu nascimento, para conhecer Maria Demke, a senhora que nunca teria a oportunidade de se tornar minha avó.

PRIMEIRA PARTE

CAPÍTULO 1
A vida anterior

Primavera de 1902. Varsóvia. Maria Demke está grávida. Ela já tem três filhas: Anna, Fruzia e Karolka. A mais nova tem 14 anos. Depois do nascimento de Karolka, a barriga de Maria não quis mais se arredondar. Até muito recentemente, quando Maria descobriu, aos 41 anos, que mais um bebê estava a caminho.

No início, por causa do inverno, Maria cobre-se com um grande casaco que lhe permite esconder sua condição. Ela se sente constrangida com essa barriga aumentando, os seios se expandindo, mas a gravidez não é a única responsável pela sua vergonha. Cerca de um mês antes de descobrir sobre a gravidez, Anna, a filha mais velha, contou-lhe que estava esperando um filho. A mais velha, que nem noiva está, que não quer revelar a identidade do pai, que não tem a menor intenção de se casar, que parece perfeitamente feliz com o que lhe está acontecendo. Ao se dar conta de que também está grávida, Maria tem a impressão de que o céu desmoronou sobre a sua cabeça pela segunda vez.

— O que foi que eu fiz para merecer essas duas desgraças, uma depois da outra? — pergunta ela a um Deus que de repente lhe parece ter um estranho senso de humor. Aos poucos, contudo, ela começa a se entregar a essa última gestação, aprecia a volta de sua fecundidade e chega a ficar encantada com a nova oportunidade de dar ao marido o filho com que sempre sonhou. Acaba considerando o novo herdeiro um presente dos céus e diariamente se desculpa com Deus pela rebeldia anterior.

Durante uma manhã de abril, quando sua barriga já lhe parece pesada demais, Maria acorda antes do marido. Sem fazer barulho, escorrega para fora da cama e vai preparar o café da manhã para a família. Um primeiro raio de sol se infiltra timidamente na casa pela janela da cozinha. Fruzia, a mais matinal das filhas, junta-se à mãe. Faz-lhe um afago, vai buscar água no poço e põe a mesa. Quando tudo está pronto, Maria lhe pede que vá despertar o pai. Mas logo muda de ideia:

— Deixa que eu vou.

Ela não entende por que fez questão de despertar o marido, considerando todas as coisas que tinha para fazer. Mas muitas vezes viria a louvar a Deus por essa decisão que poupou sua filha da dolorosa experiência de encontrar o pai sem vida.

Sendo assim, o Sr. Demke não chegou a conhecer seu único filho homem, aquele que viria a ser meu pai. Nos quatro meses finais da gravidez, Maria chora diariamente, não conseguindo imaginar a vida sem o marido, o homem mais doce que conheceu. Três meses depois do sofridíssimo parto de Anna, ela dá à luz seu primeiro filho. Quando lhe depositam no ventre o recém-nascido, alguém lhe diz:

— Parabéns, Maria, é um menino.

Ela cai em prantos. Não poder compartilhar essa felicidade com o marido a deixa de coração partido. E ela continua a chorar. Amamentando, dando banho no seu bebê, cozinhando, cuidando da casa... Até se esvaziar completamente do que lhe resta de vida e morrer de dor, quatro meses depois do nascimento do pequeno e lindo Emil.

Anna, a primogênita, é que passa a cuidar do bebê depois da morte de Maria. E o leva ao seio esquerdo, ao mesmo tempo em que entrega o direito a Stach, seu bastardinho. A infância de Emil passa-se assim, entre Anna, sua irmã-mãe, e Stach, seu irmão-sobrinho... Nada de pai ou rotina nessa vida perfeitamente banal com sua pobreza cotidiana, que é o que espera muita gente do campo que se muda para Varsóvia em busca da riqueza.

Redonda e envolvente, Anna faz o possível para que nada falte a seus "homenzinhos". No início, precisando cuidar dos dois bebês o dia inteiro, suas irmãs, que trabalham numa fábrica, lhe dão algum dinheiro para viver. Depois, o Sr. Litynski, um viúvo que mora algumas casas adiante e parece achar muito simpática a vizinha solteira, lhe fala de um amigo que cuida da distribuição de jornais nos bondes.

— O Sr. Wolski está procurando pessoas para trabalhar. Não é o emprego ideal para uma mulher como a senhora, mas pelo menos vai ajudá-la a vestir os meninos no inverno.

Anna gosta da ideia, e já se imagina percorrendo Varsóvia o dia inteiro, conhecendo pessoas. Ao ver entrar em seu escritório essa mulher forte e sorridente, o Sr. Wolski não hesita. Dias depois, Anna contrata uma jovem do interior para cuidar dos meninos e começa em sua nova profissão.

Stach e Emil levam uma vida feliz. Nunca lhes passa pela cabeça que as coisas poderiam ser diferentes, que deveria haver um homem na casa, que Anna não precisava ter de trabalhar em pé o dia inteiro, pulando de um bonde para o outro. Comem quando estão com fome, não sentem frio no inverno e, quando ficam tristes, podem sempre se acomodar entre os dois grandes seios de Anna, pois sabem que ali encontram abrigo contra tudo.

Até o dia em que Anna sofre um grave acidente e a vida dos dois vira de ponta-cabeça. Atropelada por um bonde, ela tem uma perna amputada. Do alto de seus 11 anos, Emil decide que a partir de agora cabe a ele e a Stach cuidarem de Anna.

Rapidamente Emil se revela mais esperto do que Stach, bem mais criativo quando se trata de ganhar dinheiro. Ele convence o Sr. Litynski a falar a seu respeito ao vendedor de jornais.

— Eu posso distribuir os jornais no lugar de Anna.

— Não é tão simples assim. Olha só o que aconteceu com sua mãe, uma mulher que tem a cabeça no lugar e sempre soube se virar. E você tem apenas 11 anos.

— Eu consigo ficar em pé por muito tempo. E tenho uma boa voz. Além disso, todo mundo diz que tenho uma cara boa.

— Não sei, não. Posso falar, mas talvez ele não goste muito da ideia...

— E ele gosta da ideia de que uma de suas antigas empregadas perdeu uma das pernas e não tem mais como sustentar os dois filhos, sendo um deles também seu irmão?

— Acho que existe uma solução melhor. Você deveria convencer sua mãe a vir morar na minha casa, podíamos formar uma bela família.

— Tudo bem, vou falar com ela, se me prometer que vai falar com o senhor dos jornais e convencê-lo a me receber.

E assim foi. O Sr. Litynski convenceu o amigo a receber Emil, que por sua vez o convenceu de que seria um excelente vendedor de jornais. Mas Emil não convenceu Anna a ir morar na casa do Sr. Litynski; aliás, ele nem se esforçou muito por cumprir sua parte do acordo, considerando que Anna não precisava de um terceiro homem em sua vida.

Emil tem 11 anos. Com sua simpatia e sagacidade, ganha mais dinheiro que Fruzia e Karolka na fábrica. Considera-se o homem da casa e leva muito a sério a situação de sua família, formada por Anna, Stach, Fruzia e Karolka. E não se limita a vender jornais, aproveitando as muitas viagens de bonde para transportar cartas e pacotes de um ponto a outro da cidade.

Mil novecentos e catorze. Estoura a guerra. A primeira das mundiais. Como sempre, quando as grandes potências europeias se enfrentam, a Polônia é um dos campos de batalha preferidos. Para dizer a verdade, nessa época a Polônia não existia, pois no século XIX os prussianos, os austríacos e os russos a transformaram em um belo quebra-cabeças, divertindo-se muito em trocar suas peças. E então os exércitos russo e alemão se enfrentam em terras que dariam origem à Polônia.

Nesses tempos difíceis, os jornais saem com muita facilidade. Emil consegue ganhar em apenas duas horas o que antes ganhava em um dia inteiro. A distribuição de pacotes também lhe rende muito dinheiro, pois as pessoas saem menos de casa, e Emil aceita inclusive entregar embrulhos e cartas depois do toque de recolher, mediante um pequeno extra.

Certo dia, um russo muito importante oferece a Emil uma grande quantia de dinheiro para levar uma carta a seu filho, que se encontra na frente russo-alemã, a oeste de Varsóvia.

Impressionadíssimo com a fortuna que acabam de lhe oferecer, Emil logo trata de cumprir a missão. Leva também alguns jornais, imaginando que os soldados talvez tenham vontade de ler as notícias sobre essa guerra na qual arriscam a vida. Em meio ao zunir das balas, o pequeno Emil chega até os combatentes no fundo de sua trincheira. Se a missão de encontrar o destinatário do pacote se revela mais difícil do que ele esperava, a de vender jornais é incrivelmente fácil.

Nesse dia, Emil volta para casa, abre o saquinho de couro que sempre traz a tiracolo e derrama seu conteúdo na mesa da cozinha. Anna olha para ele muito séria.

— Onde foi que conseguiu esse dinheiro todo?

— Ganhei vendendo jornais.

— Não minta, por favor.

— Juro! É por causa da guerra e da frente que fica tão perto, as pessoas querem saber o que está acontecendo, e os jornais saem muito rápido.

De consciência tranquila — quem haveria de ver uma mentira no que Emil acabava de dizer a Anna? —, o menino se senta na cama, encostado na parede, e começa a lembrar-se aquele dia, o mais belo de sua vida, o mais pleno, o mais importante. Sou um herói de guerra, pensa.

Durante os poucos meses em que os alemães e os russos combatem perto de Varsóvia, Emil vai diariamente às trincheiras vender jornais aos militares russos. Volta invariavelmente com o saco cheio, pois os soldados, impressionados com a coragem do menino, lhe dão às vezes até dez vezes o preço do jornal. E ele aproveita para aprender russo.

Em algumas ocasiões acaba ficando longas horas nas trincheiras com os soldados, esperando uma trégua antes de voltar, às vezes rastejando, às vezes correndo a toda velocidade. Emil gosta da camaradagem entre os soldados, da solidariedade demonstrada por esses rapazes que não sabem se um dia voltarão para casa, para a família. Adora ouvi-los, jogar dados com eles, fumar uma guimba. Eles também gostam muito do garoto de 12 anos cuja coragem admiram e que sempre chega contando mil histórias e piadas. Esses poucos meses ficam impressos em um recanto à parte na memória de Emil, uma lembrança doce, envolta em fraternidade, em confidências que não devia ter ouvido e volutas de cigarros.

Pouco tempo depois da guerra, quando a Polônia precisa recompor seu exército, Emil, com 18 anos, alista-se como soldado.

— É uma boa profissão, com um salário decente, eu já sei como são as coisas na guerra, e não tenho medo. De qualquer maneira, certamente teremos alguns anos de paz pela frente, depois da longa guerra que acabamos de atravessar.

Mas ele estava enganado. Já em 1920, é obrigado a combater os bolcheviques, que conseguem chegar até as portas de Varsóvia. De um lado do Vístula, o jovem exército da Segunda República da Polônia, ainda inexperiente, mal organizado e, principalmente, pequeno. Do outro, milhares de soldados do Exército Vermelho preparando-se para invadir Varsóvia. E então, inesperadamente, as tropas bolcheviques se retiram e levantam o cerco à cidade. Esse episódio é conhecido na história da Polônia como o "milagre do Vístula", pois muitos poloneses rezaram para que Varsóvia continuasse livre e polonesa. E, para variar, o bom Deus teve piedade da Polônia e ficou do seu lado.

Durante o cerco, Emil fica fascinado com o inimigo de ideologia tão particular. Tem discussões muito acaloradas sobre o assunto, pois os outros soldados não gostam que seja questionada a pertinência de sua guerra. Mas Emil não se convence de que o inimigo instalado no outro lado do Vístula seja de todo mau. Como fala melhor o russo que a maioria dos soldados poloneses, muitas vezes pedem a ele que sirva de intérprete para os prisioneiros de guerra. Às vezes volta ao encontro deles depois dos interrogatórios e lhes faz perguntas sobre a situação em seu país, sobre a revolução bolchevique. Quando os soviéticos se retiram da Polônia, Emil não sabe mais o que pensar. A enorme pobreza de seus compatriotas operários e camponeses o revolta. Ele fica pensando que, se existe um sistema onde as pessoas são iguais, está disposto a lutar pela sua instalação, mesmo que isso lhe custe a vida. E se convence cada vez mais de que só o comunismo pode levar à libertação do povo, à igualdade de classes. O que o leva, pouco tempo depois da desmobilização, ao escritório de Agrupamento da Juventude Comunista Polonesa, o KZMP, para se filiar como membro. E imediatamente sai cheio de orgulho exibindo sua carteirinha ao amigo Alek, um dos raros *partisans* comunistas que conheceu no exército, com ele comemorando então esse "momento histórico" até a madrugada. *Na zdrowie*, camarada!

Emil logo se torna um membro fervoroso da Juventude Comunista. Para ganhar a vida, consegue trabalho inicialmente com um horticultor do bairro Praga, em Varsóvia, mas acaba optando por uma profissão mais nobre e revolucionária: metalúrgico. Agora ele faz parte oficialmente da classe operária, dedicando cada momento livre à luta pela causa.

Como o Partido Comunista está proibido na Polônia, a vida de Emil mergulha na clandestinidade: reuniões, distribuição de panfletos, debates com eventuais aderentes, manifestações, greves, mas também noitadas literárias e apresentação de peças teatrais de fundo político. Ele nota que, muitas vezes, quando sai de casa ou do trabalho, é seguido. Emil toma então suas precauções. E um dia, conversando sem desconfiar de nada com soldados para tentar convencê-los a assistir à próxima reunião da Juventude Comunista, um homem de sobretudo surge de repente e pede que o siga. Emil hesita, vê mais adiante na rua dois outros homens observando atentamente a cena e concorda. Horas depois, está na prisão.

Deixemos agora Emil Demke sozinho em sua cela na prisão de Pawiak, em Varsóvia, pois logo ele irá conhecer minha mãe, e é melhor que eu a apresente primeiro para que ela não caia de paraquedas nos braços do meu pai.

Minha mãe começou sua vida com o nome de Guitele Rappoport. Se eu quisesse inventar um personagem de origem judaica claramente identificável, poderia batizá-la assim. Rappoport é o mais típico dos sobrenomes judeus. E Guitele tampouco é lá muito cristão.

Guitele Rappoport — Gui, para os íntimos — nasceu em Nowy Dwór, pequena aldeia a cerca de 50 quilômetros de Varsóvia, não se sabe em que dia de qual ano. Segundo a certidão de nascimento, ela nasceu a 3 de março de 1903 (terceiro dia do terceiro mês do terceiro ano), mas seu pai esperava sempre pelo menos mais três filhos a declarar para viajar até a cidade, e então escolhia datas de nascimento ao acaso para cada criança. Minha mãe sempre se aproveitou disso para rejuvenescer, dizer que tinha dois ou três anos menos do que o que constava dos documentos. Até completar 80 anos, quando de repente começou a alegar que nascera na virada do século e que estava chegando aos 83. Como estava muito em forma para uma octogenária, as pessoas ficavam espantadas.

A família de Guitele é muito religiosa. O pai é açougueiro kosher. É um homem severo que leva muito a sério tudo que tem a ver com religião. Guitele, que teve a má ideia — como os três outros frutos do segundo casamento do pai — de nascer do sexo feminino, não aprende a ler nem escrever. Em casa, fala-se o iídiche. Gui gostaria de ir à escola, falar polonês, levar uma vida diferente. Quanto mais cresce, mais ela detesta esse pai rígido e sonha em se afastar dele.

Aos 10 anos, ela entra para um ateliê de costura. Embora seja um trabalho difícil, Guitele fica encantada por poder sair de casa e conhecer pessoas diferentes. Todas as suas colegas operárias são judias, mas em sua maioria elas têm famílias menos radicais. Gui ouve as moças de 15 ou 16 anos contarem sobre seus passeios com rapazes, sobre as festas que frequentam. Lembra-se de Tobcia, sua irmã mais velha, que nunca era autorizada a sair à noite e fugiu de casa com o primeiro homem que lhe sorriu. E passa a esperar sua vez.

Guitele tem 13 anos quando se inscreve no sindicato das costureiras. Os dirigentes são seus primeiros heróis. Ela os considera modelos de retidão, determinação, coragem. Quando há alguma manifestação, ela está sempre na primeira fila e grita mais alto que os outros; havendo uma greve em algum lugar, vai todo dia para os portões impedir que os patrões passem, oferecer apoio moral aos operários e distribuir sopa quente. Nessa época, esse tipo de militância levava direto à prisão.

Minha mãe foi presa várias vezes, desde os 16 anos. Se eu tivesse podido amar ainda mais minha mãe, ficaria muito orgulhoso disso. Era uma mulher corajosa. Uma mulher que criou uma nova família nos sindicatos e, mais tarde, no Partido Comunista. Uma família pela qual ela se dispunha a qualquer sacrifício.

A prisão teve um papel importante na vida de minha mãe. Foi lá que ela teve suas primeiras amigas goys — cristãs — e rompeu definitivamente com a religião judaica. Para marcar bem essa ruptura, escolheu um nome polonês: Helena. Todo mundo a chama de Leninha. Também foi na prisão que ela aprendeu a falar polonês e, depois, a ler e escrever. Lá adquiriu também um hábito que manteria por toda a vida: fazer exercícios diariamente, o que certamente foi responsável por sua boa forma até a morte. Minha mãe ficou um pouco mais de quatro anos na prisão de Pawiak.

Foi numa manhã cinzenta da primavera de 1925 que Helena recuperou a liberdade. E nessa mesma manhã, sob o mesmo céu encoberto, um carcereiro abria a grade e se despedia de Emil Demke, que acabava de cumprir sua pena.

Emil vê uma jovem sentada num banco da Praça Pawiak. Seu rosto lhe é ligeiramente familiar. Com timidez — ela acabou de vê-lo sair da prisão, não deve ser assustada —, ele se aproxima.

— Bom dia, senhorita. Não quero parecer importuno, mas tenho a impressão de que já a vi...

— Sim, sim, me lembro do senhor — responde a jovem com forte sotaque iídiche. — Foi na casa de Magda Spychalska, numa festa. Acho que também o vi numa reunião do Partido. Foi talvez há uns cinco anos, antes de eu ser presa.

Emil olha para ela, perplexo.

— Sim, acabo de sair da prisão — diz ela, mostrando a mala.

A minha existência acabava de entrar no mundo das possibilidades.

Aquele que viria a ser meu pai, com apenas 1,55 metro, é instantaneamente seduzido por aquela jovenzinha miúda de longas tranças. Ah, as tranças da minha mãe... Ela só as cortaria no verão de 1940, pouco após os franceses se renderem à Alemanha. Muitos anos depois ainda falava disso com grande nostalgia, como se, ao cortar os cabelos, tivesse acabado com sua juventude, com certa despreocupação.

Como nenhum dos dois tem para onde ir, Emil convida Helena para um passeio pelo Bosque de Bielany para ver o florescer das árvores. Meu pai me contou muitas vezes como foi que conheceu minha mãe. Seu relato sempre acabava assim: "E nós fomos passear no Bosque de Bielany." Naturalmente, podemos nos perguntar o que terão feito duas pessoas que acabavam de sair da prisão em um belo parque, em pleno dia cinzento de primavera... Como se trata dos meus futuros pais, prefiro evitar os mínimos detalhes.

A partir desse momento, os camaradas Helena Rappoport e Emil Demke estariam juntos em todas as lutas. Eles se tornariam conhecidos por seu engajamento e sua fé inabalável no modelo comunista. Para se aprofundarem no papel importante que certamente teriam a desempenhar na Polônia pós-revolucionária, eles são convidados a passar alguns meses em Moscou, numa escola do Komintern, "aperfeiçoando seu comunismo". Como Emil Demke voltou a ser procurado pela polícia como militante comunista, teria, antes de mais nada, de mudar de nome. No trem que o leva a Moscou, Emil Demke se fecha no banheiro com um passaporte devidamente preenchido, com todos os carimbos e assinaturas necessários e um espaço em branco para escrever nome e sobrenome. Depois de pensar um pouco, escolhe um que corresponde às suas origens camponesas: Michal Gruda (em polonês, *gruda* significa "um pedaço de terra dura e gelada").

Em Moscou, em março de 1929, Helena Rappoport descobre que está grávida. Antes mesmo de falar a respeito com Emil — a quem nunca conseguiria chamar de Michal —, ela dá a notícia à camarada Goldman, secretária de sua célula no Partido. Esta lhe dá sem pestanejar o nome e o endereço de um médico que pode facilmente resolver a questão. Lena volta para casa aliviada.

À noite, Emil vem ao seu encontro, e os dois saem para passear pelas ruas cobertas por uma espessa camada de neve de Moscou.

— Preciso conversar uma coisa com você. Na verdade, está tudo resolvido, não precisa se preocupar, mas quero que saiba... estou grávida.

— O quê?

— Está tudo bem. Já marquei consulta com um médico que faz abortos, não há motivo para se preocupar, vai dar tudo certo.

— Mas o que você está dizendo? Por que vai fazer um aborto?

— Como assim, por quê? Não vamos ter esta criança!

— Podemos pelo menos conversar? Não é uma decisão para se tomar assim...

— Olha, Emil. Quando voltarmos para a Polônia, estaremos de novo na clandestinidade. Você nos imagina com um bebê?

— Eu entendo. Só queria pensar um pouco a respeito. Vale a pena tentar encontrar outra solução, não? Além disso, um aborto é perigoso; a ideia não me agrada nem um pouco.

— De qualquer forma, pelo que entendi da camarada Goldman, o Partido jamais aceitaria que eu ficasse com o bebê.

— Preciso pensar a respeito. Quando é a consulta?

— Daqui a duas semanas.

— Então me dê um dia ou dois. Por favor, pense também, e voltaremos a conversar, está bem?

— Se você quer assim...

Foi a minha primeira vitória. No dia seguinte, Emil convence Lena a voltar a tocar no assunto com a camarada Goldman. Emil participa do encontro e refuta cada argumento da jovem. O que finalmente acaba levando à reunião do dia 17 de março... Mas isso eu já contei.

CAPÍTULO 2
Na casa dos Kryda

Estamos em Moscou. Acabo de nascer e de ser registrado no cartório por um Michal Gruda de humor particularmente alegre.

O Partido autorizou meus pais a cuidar de mim até o fim da permanência deles na União Soviética. Na primavera de 1930, o Komintern — a Internacional Comunista, organização responsável pela exportação do comunismo soviético para outros países — decreta que a camarada Helena Rappoport e o camarada Michal Gruda concluíram sua formação, enviando-os de volta à Polônia para que retomem a árdua luta que conduzirá à revolução. Assim que chegam a Varsóvia, eles são lembrados do compromisso de não ficarem com o pequeno Julian. É dessa maneira que me transformo em Julian Kryda, filho de Fruzia e Hugo Kryda, que são a irmã e o cunhado de Michal Gruda, até então meu pai.

Eu não tenho consciência desses acontecimentos que transformam completamente minha vida, pois tenho apenas 10 meses. Hugo e Fruzia aceitam com alegria receber em casa um novo filho, versão miniatura de Emil, que recorda a Fruzia os anos difíceis de sua juventude, quando ela compensava a perda da mãe mimando o irmãozinho adorado.

Minhas primeiras recordações remontam a essa época, quando eu achava que era como todo mundo e vivia na banal certeza de que as pessoas que chamava de mamãe e papai eram de fato minha mãe e meu pai, e são lembranças que permanecem gravadas bem no fundo da minha memória.

Há as visitas eventuais de uma senhora gorda que cheira mal e fala uma língua que eu não entendo. Toda vez me dizem:

— Uma senhora muito gentil virá visitá-lo esta tarde, vai lhe trazer uma bela surpresa.

A princípio, ela não se mostra muito agradável. Aperta-me contra sua enorme barriga, caindo em soluços, e, além do mais, os presentes que traz são uma porcaria: biscoitos sem gosto, roupas pretas e tristes que eu me recuso a vestir; lembro-me, entre outras coisas, da pequena rodela de tecido negro que ela insiste que eu ponha na cabeça — é um quipá, mas na época eu não conhecia essas coisas, nem nunca tinha visto ninguém usar — e que Fruzia implora que eu tire do armário toda vez que a mulher gorda vem. Eu ficaria sabendo muito depois que era minha avó materna, a mãe de Lena, e que ela só falava iídiche. Como seu marido tinha pronunciado a Kaddish — a oração dos mortos — pela filha ao tomar conhecimento de que ela tivera um filho sem ser casada, e — coisa mais terrível ainda — com um goy, minha avó vinha me ver às escondidas, alegando que ia visitar uma de suas irmãs em Varsóvia.

Há também um grupo de crianças com as quais eu brinco. Somos uns quinze garotos com menos de 10 anos que moram na Colônia 5, um dos oito conjuntos habitacionais de uma cooperativa de zoliborz fundada por uma associação de esquerda. Nossa colônia é formada por uma série de prédios de quatro andares, todos iguais, todos brancos, ao redor de um grande jardim arborizado tendo no centro um imenso quadrado de areia. Desde os

3 anos, sou um dos líderes do grupo dos menores. Quando os grandes não nos incluem em suas brincadeiras, muitas vezes sou eu que tenho uma ideia para entreter os pequenos, às vezes aprontando algo bem travesso. Hugo, que só teve filhas, e muito bem-comportadas, leva a sério seu papel de pai e educador. Eu não sou um menino difícil nem bagunceiro, mas tenho uma mente, digamos, muito engenhosa. Passo então longas horas de castigo em casa, e de vez em quando minhas nádegas recebem um doloroso lembrete de certas regras que não observei. Lembro-me especialmente de uma dessas coças, uma das maiores que recebi, e que considero claramente injustificada, pois Hugo a infligiu por uma ideia que, do alto dos meus 5 anos, me parecia genial.

Certo dia de verão, estávamos ali cerca de dez garotos nos engalfinhando por causa de umas castanhas roubadas. Tadeusz já está para assumir o papel de árbitro quando ouvimos alguém gritar da rua:

— Fotografias! Fotos para todo mundo! Lembranças em promoção! Venham, não vão se decepcionar!

Eu começo a correr e saio do pátio pela porta que dava para a rua Krasinski. Minutos depois, volto acompanhado de um jovem puxando um aparelho de fotografia sobre uma carreta.

— Ele vai tirar uma foto da gente de presente!

Essas palavras são suficientes para acabar com a briga. Seguindo as ordens do fotógrafo, nós nos juntamos, alguns de joelhos à frente, outros de pé atrás. Mas tudo logo vira uma bagunça: ninguém ouve ninguém; os grandes arrancam os bonés dos pequenos e jogam longe, o que provoca crises de choro; outros fazem questão absoluta de ficar ao lado do melhor amigo... Finalmente o fotógrafo dá um berro que cala a boca de todo mundo e avisa:

— Vou contar até dez. Se continuarem se mexendo depois, apanho minhas coisas e vou embora. Entendido?

Minutos depois, a sessão está terminada, e o fotógrafo cobra o pagamento. Eu não tinha pensado nisso... Os garotos todos se voltam para mim.

— Meus pais é que queriam uma foto; para receber o pagamento é com eles. Não é difícil: está vendo aquela porta ali à esquerda? Basta subir até o quarto andar e bater no número 23. Meu pai é o Hugo, basta dizer que é o fotógrafo, ele vai lhe pagar.

— Tem certeza, rapazinho?

— Sim, não se preocupe, pode confiar.

Não sei se eu realmente acreditava, em minha cabecinha de menino de 5 anos, que acabava de resolver o problema. Na verdade, ele só seria resolvido depois de uma dezena de palmadas e alguns dias de castigo, trancado em casa.

Nem sempre é fácil entender os pais; eles têm uma lógica muito própria para decidir o que está certo e o que está errado. Outra história me deixou perplexo quanto ao bom senso dos adultos no que concerne à educação dos filhos.

Muito cedo eu desenvolvi uma afiada consciência política. Cabe lembrar que se fala muito de política lá em casa. Hugo e Fruzia, não sendo propriamente comunistas engajados, são simpatizantes do Partido. E eu passo longas horas à noite com o ouvido colado na porta do quarto ou simplesmente debaixo da mesa, ouvindo as conversas entre meus pais e seus amigos. Para Hugo, as pessoas são sempre radicais demais ou covardes demais, e ele adora fulminar os convidados.

Fala-se muito em casa sobre a detenção de Karolka, a irmã menor de Fruzia, uma solteirona endurecida que participa de todas as manifestações e lutas. Uma vez, chegamos até a ir visitá-la na prisão. Claro que, na minha idade, isso é um grande acontecimento. E eu fico impressionado com o jeito de Karolka, triste e orgulhosa ao mesmo tempo, parecendo dizer: "Nunca desistiremos." Eu tenho 5 anos na ocasião dessa visita, e minha tia representa uma heroína para mim, provavelmente porque com frequência ouço Fruzia e Hugo elogiarem sua coragem e sua obstinação. O gene comunista é muito forte na família.

Minha primeira participação na luta de classes data dessa época. Certa noite, Fruzia já havia me mandado para a cama pelo menos cinco vezes quando batem na porta. Meus pais, um tanto surpresos — pois não estavam esperando ninguém —, vão abrir. Aparece na porta um gigante, vestindo uniforme de policial. Antes mesmo que ele abra a boca, eu já estou debaixo da mesa. Ele fica um tempão conversando com Hugo e Fruzia. Acho que estão falando de roubos ocorridos no prédio. Passados alguns minutos, Fruzia, lembrando-se dos deveres de uma anfitriã, convida o policial a se sentar à mesa da cozinha, oferecendo-lhe um chá.

Lembro-me claramente das pernas do policial indo além da toalha florida e tendo nas extremidades sapatos negros perfeitamente lustrados. E do ódio que sobe em mim ao imaginar esses mesmos pés machucando minha tia Karolka, caída na rua e dizendo em voz baixa, com grande convicção:

— Nunca desistiremos.

E do sentimento de que chegou o momento de eu também fazer alguma coisa pelos pobres e oprimidos. Contemplo as duas pernas que tão candidamente se oferecem a mim... A perna direita da calça deixa entrever uma panturrilha musculosa e cabeluda. Cedendo ao impulso da coragem, eu me aproximo, abro a boca e mordo com toda força o pedaço de carne rija.

O que veio depois é fácil de adivinhar: o policial se levanta com um urro, Fruzia se afoba toda, o policial me agarra pelo colarinho e me joga do outro lado da cozinha, Fruzia lhe traz um guardanapo úmido, munida de todas as desculpas. Hugo assiste à cena sem pestanejar. Restabelecida a calma, olha para o policial com ar consternado e diz:

— Lamento muito, senhor policial, meu filho adora se esconder debaixo da mesa para brincar de cachorro. É a primeira vez que morde alguém, realmente lamento muito. Vai receber umas boas palmadas mais tarde.

Depois que o policial se despede, eu tento desaparecer debaixo das cobertas da minha cama. Hugo entra.

— Papai, eu queria dar um castigo a ele pelo que fez com a Karolka, ele é um inimigo do comunismo!

Muito tempo depois, do meu quarto, ainda ouço Hugo e Fruzia repetindo a história às gargalhadas. E eu nunca levei as palmadas prometidas na presença do policial. Concluí então que, na vida, mais vale fazer o que nos parece certo, sem nos preocupar com a reação dos pais, pois, de qualquer maneira, os adultos são pessoas imprevisíveis.

CAPÍTULO 3
A grande viagem

Na época em que eu sou filho de Hugo e Fruzia, um casal nos visita com frequência: tia Lena e tio Emil. Eles contam histórias divertidas, trazem guloseimas para mim, e tio Emil me leva para passeios no bosque de Bielany, onde me ensina a atirar com arco, subir em árvores e dar cambalhotas. Como é muito baixo para um adulto, fico pensando às vezes que ele é uma criança disfarçada de gente grande.

Certo dia, Lena aparece sem Emil. A mesma coisa da vez seguinte. E mais outra vez. Eu pergunto por que meu tio não veio, por que ele não vem mais; afinal, não posso deixar de confessar que, embora goste muito de comer as guloseimas trazidas por Lena, prefiro certamente brincar com meu tio Emil. Ela responde que ele está fazendo uma longa viagem, mas que, assim que retornar a Varsóvia, virá me visitar, trazendo um belo presente.

— Mas ele não estará velho demais para subir nas árvores, certo?

Minha pergunta faz os adultos rirem, mas eles respondem que não, que não preciso me preocupar com a idade de Emil, pois ele sempre terá um coração de criança, o que me deixa perplexo. Um coração de criança seria capaz de fazer funcionar um corpo de adulto, mesmo que pequeno como o de Emil?

Um dia, como se eu perguntasse pela enésima vez a Lena quando o tio Emil voltaria e ela me respondesse, pela enésima vez, "Em breve, não se preocupe", eu tive aquela sensação que às vezes temos quando os adultos sorriem sem os olhos e nos acariciam os cabelos; a sensação de que está acontecendo algo "que não é coisa de criança". E não faço mais perguntas, pois percebo pelo ar preocupado de tia Lena que ela não dirá mais nada, muito embora eu não tenha nascido ontem, com meus 6 anos e meio. A única explicação que me ocorre é que o tio Emil deve ter morrido e fico achando os adultos muito bobos de pensarem que eu ainda não tenho idade para entender e aceitar essa realidade.

Pouco tempo depois do início dessa era da conspiração, Hugo e Fruzia anunciam que têm algo importante a me dizer.

— Este ano, nas férias de verão, você vai fazer uma longa viagem.

— Para onde?

— Primeiro, vai pegar um trem.

— Um trem de verdade?

— Sim, claro...

— Oba!

— Você irá para Paris na semana que vem com tia Lena.

— Eu vou para a França?

— Sim, querido.

— E vou ver a Torre Eiffel?

— Sim, poderá ver a Torre Eiffel.

Eu me sinto em êxtase. A Torre Eiffel! Já ouvi falar muito a respeito, pude inclusive ver algumas fotos num livro, e sei que lá do alto se pode ver toda a cidade. A maioria dos meus amigos está com inveja de mim, outros acham que é mentira, que eu vou simplesmente para o mar ou para a montanha e contar qualquer coisa quando voltar.

— Se quiser que a gente acredite, você terá de apresentar provas — decreta Tadeusz, o maior do pátio. — E não basta um souvenir qualquer que alguém tenha trazido, não somos idiotas.

— Ele terá de mostrar uma foto diante da Torre Eiffel.

— Mas a Torre Eiffel é grande demais para caber numa foto!

— Como assim, Alek? Nunca viu uma foto da Torre Eiffel? Onde é que você tem andado?

— Bom, eu já vi, sim, só que esqueci, foi quando eu era pequeno.

— Vou mostrar para vocês uma foto onde eu apareço; assim, terão de acreditar em mim.

E fico pensando que não apenas vou trazer-lhes uma foto. Tentarei guardar na memória tudo que acontecer, tudo que vou ver durante as férias. Quando retornar, eles vão implorar que eu conte sempre com mais detalhes minha viagem a Paris.

Certa manhã de julho de 1936, eu tomo o bonde com Hugo e Fruzia em direção à estação de trem. Levo duas grandes malas que foram feitas e refeitas várias vezes por Fruzia nos últimos dias. Se de minha parte estou nas nuvens desde que fiquei sabendo que passaria as férias na França, Fruzia por sua vez parece irritada com essa viagem. Minutos antes de sair de casa, ela ainda está dando voltas no meu quarto, tirando roupas da mala, botando outras. Apesar da minha felicidade, fico com pena de vê-la assim. E tento tranquilizá-la:

— Não fique assim, mamãe; vai dar tudo certo. Vou obedecer à tia Lena, não vai me acontecer nada de mal.

O resultado disso é que quase morro sufocado contra o peito de Fruzia e afogado por uma torrente de lágrimas.

Foi a última vez em que a chamei de mamãe.

A viagem de trem parece interminável. No início, eu corro para todo lado, ando pelos vagões, converso com os fiscais, com os outros passageiros. Chego até a fazer alguns amigos, mas quase todos desembarcam do trem antes de sairmos da Polônia. Já é noite quando chegamos à Alemanha. Fico impressionado com o país, as vozes nos alto-falantes das estações, a gritaria em uma língua dura que desconheço, as bandeiras vermelhas com a suástica penduradas por toda parte e os muitos soldados de uniforme cáqui. Eu sei que essas pessoas são meus inimigos, inimigos nossos, dos comunistas. Olho-os pela janela do vagão, ao mesmo tempo fascinado e cheio de ódio. A noite inteira, na minha cabine, eu planejo a revolução; passeio por uma grande cidade coberta de poeira e ponho fogo em todas as bandeiras. Avanço em um cavalo à frente de uma multidão imensa que me segue gritando:

— É ele o chefe! Ele mordeu o policial!

Depois, uma jovem que poderia ser tia Karolka enxuga-me o rosto com um lenço.

— Julek, acorde, está na hora de comer.

Eu demoro alguns instantes para entender o que está acontecendo. Tia Lena está sobre mim, acariciando-me os cabelos. Eu ainda ouço gritos, mas são os alto-falantes da estação onde nosso trem parou cuspindo informações para os passageiros.

Enquanto comemos, noto que Lena me observa com um ar estranho.

— Julek, meu pequeno Julek, preciso falar com você. Tenho algo muito importante a dizer.

Ela com certeza iria me falar sobre esta noite. Tenho a impressão de ter gritado durante o sono, e ela provavelmente quer me advertir contra os alemães com receio de que eu venha a morder um deles.

— Quero que me ouça com muita atenção. E se achar que não entendeu, se tiver alguma dúvida, não hesite em me dizer.

— Está bem.

— Sei que você gosta muito de Fruzia e Hugo. Eu também, são pessoas muito boas.

Eu nunca tinha percebido como tia Lena podia ser estranha.

— O que eu tenho a dizer é difícil, mas você precisa saber a verdade. Pois bem. Fruzia e Hugo não são realmente seus pais. Eles cuidaram de você desde que era muito pequeno, e o fizeram muito bem... Mas acontece que sua verdadeira mãe sou eu. E tio Emil é o seu pai de verdade. Nós não tínhamos como cuidar de você, por causa do Partido, pois estávamos correndo riscos e queríamos protegê-lo. E não queríamos que fosse adotado por estranhos. Fruzia e Hugo gentilmente se ofereceram para recebê-lo em casa. Mas agora, por uma série de razões que um dia vou explicar, você não pode mais ficar lá. Até agora tudo bem? Está entendendo?

— Humm... Sim.

— Muito bem. Estamos indo para a França, onde você vai morar na casa da minha irmã Tobcia, que tem uma filhinha de 3 anos que é um amor. Será uma irmãzinha para você. Você vai ficar muito bem na casa delas.

Na minha cabeça, as coisas vão muito rápido. Eu logo percebo que o que tia Lena está contando é mentira. E entendo perfeitamente o que está acontecendo: ela está me sequestrando. No livro que estou lendo desde o início da viagem (é o meu primeiro romance), uma criança é sequestrada por pessoas que alegam ser seus verdadeiros pais. O menino diz aos sequestradores que sabe que estão mentindo, e por isso é espancado. Se não quiser que me aconteça a mesma coisa, decididamente preciso fingir que acredito nessa história do arco-da-velha. Depois, poderei elaborar uma estratégia para escapar e voltar para a casa dos meus pais na Polônia.

CAPÍTULO 4
A Torre Eiffel

Em Paris, Tobcia nos espera na estação. Basta vê-la, com seus olhos esbugalhados por trás de óculos espessos, para entender que ela está conivente com a irmã (que talvez nem seja sua irmã!). Eu sorrio e digo, alegre:

— Bom dia, tia Tobcia. Sim, fizemos ótima viagem. E a senhora, como está?

Lembrando-me hoje, fico espantado por Lena não ter desconfiado desse excesso de polidez, que não era meu estilo habitual.

Instalamo-nos então na casa de Tobcia, seu marido Beniek e Maggie, "sua filhinha de 3 anos que é um amor" e que, naturalmente, é uma peste. Dias depois de nossa chegada, vamos visitar a Torre Eiffel. Estou contente, mas não posso aproveitar plenamente esse momento tão esperado, pois minhas ideias estão em total ebulição. Esse passeio talvez seja minha única oportunidade de fugir. Na rua, fico olhando os policiais que passam, tento mandar-lhes um sorriso desesperado que os levasse a solicitar a Lena uma conversa a sós comigo. Existe, naturalmente, a barreira da língua... Mas eu não esqueci nenhum detalhe. Vou pedir uma folha de papel e um lápis e desenhar uma criança com seus dois pais, depois uma mulher de ar malvado em um trem, tendo ao lado a criança que chora. Parece-me perfeitamente claro. Se eles não compreenderem tudo — não se pode esperar que os policiais franceses sejam mais inteligentes que os poloneses —, certamente haverão de entender que estou em uma situação delicada e pedir ajuda a um intérprete. Mas os policiais franceses são ainda mais burros do que eu imaginara: nenhum deles se aproximou para falar comigo, nem me olhou com desconfiança. Tenho então de recorrer à minha segunda opção: encontrar uma maneira de entrar em contato com meus pais.

Ao chegarmos à Torre Eiffel, esqueço por alguns momentos o drama no qual estou envolvido, de tão maravilhado que fico com essa coisa imensa que se ergue diante de mim. Inicialmente entramos na fila, com outras famílias e muitas crianças que correm por todo lado. As crianças falam uma língua que não conheço. Apesar da minha situação, tenho enorme vontade de correr e brincar com elas. Fico olhando um menininho que está bem atrás de nós na fila e faço minha careta mais feia para ele. Em vez de achar graça ou fazer uma ainda mais horrorosa, ele começa a soluçar e se esconde na saia da mãe. As crianças francesas me decepcionam muito.

Agora chegou a nossa vez de entrar nessa enorme caixa metálica que chamam de elevador. As portas se fecham. E nós subimos! As crianças têm o nariz grudado na vidraça e olham o solo se afastar e as pessoas lá embaixo ficarem cada vez menores. O elevador para no primeiro andar. Tobcia e Lena me convidam a descer. Nem pensar; eu quero chegar o mais rápido possível lá no alto. No segundo andar, temos de sair do elevador para pegar outro... que está sendo consertado. Com ar desolado, Lena me avisa que não subiremos mais, mas que, se eu quiser, poderemos voltar outro dia, quando o segundo elevador estiver funcionando. Ela é muito estranha! Tendo visto outras crianças subindo pelos degraus com os pais em direção ao terceiro andar, saio correndo escada acima e tento ultrapassar as pessoas que já estão subindo para que Lena não consiga me alcançar.

Pronto, cheguei no alto! Estou olhando para a praça lá embaixo. As pessoas são minúsculas! Formigas! Não, talvez não... Camundongos? Eu preciso ser exato nas minhas descrições para contar tudo aos meus amigos quando voltar a Varsóvia. Varsóvia... É verdade, de fato preciso aproveitar meus poucos minutos de liberdade para encontrar uma maneira de voltar para casa.

Quando as mulheres, que decidiram me seguir pela escada, se aproximam, eu já tenho um plano. Peço algumas moedas para jogar um jogo que consiste em tentar capturar objetos ou bombons manipulando um pequeno guindaste. Quando conseguimos agarrar alguma coisa, o objeto nos pertence. Lena concorda. É um jogo muito difícil, mas estou decidido, minha vida está em jogo. Na quarta tentativa, pesco um isqueiro vermelho. Perfeito!

De volta à casa, eu me fecho no quarto que compartilho com minha "prima" Maggie, depois de pedir papel e barbante a Tobcia. Maggie tenta roubar o meu isqueiro, insiste em fazer um desenho no meu papel; em suma, ela me irrita. Eu lhe dou um leve beliscão no ombro, e ela sai do quarto aos prantos. Já vai tarde! Levo muito tempo, mas acabo conseguindo fazer um bonito embrulho. Como mal sei escrever, tenho de pedir ajuda a Lena para o bilhete que vai acompanhar o meu pacote. Preciso agir com grande sutileza para não despertar sua desconfiança. Penso então por um bom tempo, refazendo o texto mentalmente uma centena de vezes. Eis a formulação que me parece mais próxima da perfeição, e que acabo ditando a Lena, tentando parecer indiferente:

"Querido papai,

Estou em Paris com Lena e sua irmã Tobcia. Acabamos de visitar a Torre Eiffel. Tenho um presentinho para você que eu pesquei no terceiro andar da torre. É para acender o seu cachimbo. Acho que ainda vamos ficar muito tempo aqui. Sinto saudades de você e da mamãe.

Julek"

Não escrevi "tia Lena", embora normalmente a chame assim. Há também a indicação do lugar onde estamos (na casa de Tobcia) e a penúltima e importantíssima frase da carta, devendo levar Hugo a entender que alguma coisa de anormal está acontecendo.

Lena concorda em escrever o bilhete. Eu o insiro no envelope, e ela o sela.

— É preciso escrever o endereço no envelope.

— Naturalmente, querido.

— E você irá levar o meu presente ao correio o quanto antes? Quero que ele receba antes do aniversário.

— Sim, claro. Amanhã terei compras a fazer e aproveitarei para ir aos correios.

O que ela não faria, como vim a saber anos depois. Por quê? Por ter entendido o meu jogo? Claro que não; acho que fui perfeitamente convincente no meu papel. A resposta é a mais tola e triste. O Partido lhe pedira que não tivesse mais nenhum contato com a família do meu pai, inclusive Hugo e Fruzia, o que me leva a contar os motivos desse "sequestro" e da minha mudança para a França.

CAPÍTULO 5
O que eu só vim a saber muito tempo depois

Eis a verdadeira história por trás do meu sequestro pela minha tia, que, segundo eu acreditava, fazia-se passar por minha mãe, mas que de fato tinha me carregado no ventre...

Emil Demke, agora conhecido pelo nome de Michal Gruda, foi designado responsável pela propaganda do Partido Comunista Polonês (KPP) junto ao exército polonês. Por meio de contatos, panfletos e reuniões, ele tenta convencer o maior número possível de militares a se filiar ao Partido. Por essas atividades, acaba sendo procurado pela polícia. Como o Partido não quer perder um membro tão dedicado e teme que ele volte a ser detido, Michal é mandado para Moscou, na União Soviética, onde muitos comunistas poloneses vivem até que sejam esquecidos pelas autoridades locais.

Assim que desembarca em Moscou, Michal é enviado a Kiev para cuidar da propaganda junto aos poloneses que vivem na Ucrânia. Lá, junta-se a outros poloneses ativos no comitê municipal. Visita fábricas para discutir questões políticas com os trabalhadores poloneses, que em sua maioria se sentem tolhidos pelo regime comunista. Explica com grande convicção os benefícios do comunismo, graças ao qual eles têm direito a uma vida decente, mesmo como simples trabalhadores em uma fábrica. Michal também atua como jornalista e escreve para o *Sierp* (Foice), jornal publicado pelo Partido Comunista Polonês.

Em 1934, Josef Stalin, depois de mandar prender e fuzilar comunistas que se opunham a ele, especialmente trotskistas, começa a investir contra comunistas que acreditam nele. E os primeiros comunistas pró-Stalin a serem detidos são... os comunistas poloneses de Kiev. Sim, todos aqueles que, como meu pai, estão na URSS por causa de sua imensa fé na doutrina comunista e sua admiração sem limites pelo camarada Stalin. Os poloneses de Kiev que trabalham para a organização do partido bolchevique são detidos por alta traição. Meu pai estava no lugar errado na hora errada.

Como Stalin, apesar de tudo, faz questão de executar as coisas segundo as normas, cada prisioneiro tem direito a uma acusação personalizada. Michal Gruda é acusado de ser um agente de Pilsudski (o dirigente da Polônia na época). Quais são as provas de sua traição?

"O camarada Gruda por acaso não insuflou em 1933 uma greve numa fábrica de papelão? Essa greve foi um fracasso. Seria bom para nossa causa que uma greve acabe assim? Claro que não. E esse fracasso beneficiou a quem? Às grandes potências capitalistas, naturalmente. Donde se conclui claramente que o camarada Michal Gruda trabalha contra nós, que é um inimigo do povo e portanto um inimigo do comunismo."

Tudo isso é de uma evidência e de uma clareza... Mas a coisa não para por aí.

"Os capitalistas e os imperialistas não desejam a queda da URSS, pátria da classe operária? Não é preciso, então, dar mostra da maior vigilância em relação a agentes que trabalham pela destruição de nosso mundo, no qual não existem mais desigualdades sociais? Por acaso seremos suficientemente vigilantes? Sempre é possível, e mesmo desejável, elevar nosso nível de vigilância, não é mesmo? Desse modo, se você, camarada Michal Gruda, reconhecido por sua grande dedicação à causa, confessa ser um traidor a soldo do inimigo, será que isso não levará os outros camaradas a se mostrarem ainda mais vigilantes? Pois então assine embaixo da ata de acusação, bem aqui."

Meu pai não tem como refutar a lógica do raciocínio nem sequer se sente ofendido com a enorme manipulação que está por trás dele. Mas se recusa a assinar um documento que não passa de uma série de mentiras.

E a coisa durou um bocado de tempo. Eles tentaram de tudo para dobrá-lo. Só faltou tortura física, que só viria somar-se ao seu arsenal depois de 1937. Meu pai teve a sorte de ser preso numa época em que se praticava apenas a tortura mental.

Michal passa a viver numa cela com cerca de trinta outros prisioneiros. De vez em quando, aparece um guarda em plena noite com um papel na mão, passando diante de cada prisioneiro. A cada um deles, pergunta:

— Sobrenome?

O sujeito dá o nome.

— Não, não é esse.

E o guarda começa a mesma palhaçada com o seguinte. Até que diz a um dos prisioneiros:

— Sim, é você. Vamos, venha comigo.

O prisioneiro sai da cela e nunca mais volta.

Um dia, meu pai é assim forçado a acompanhar o guarda.

— Levo as minhas coisas?

— Tanto faz, não muda nada.

Ele é embarcado em um caminhão onde já se encontram doze soldados com carabinas. O caminhão dá a partida. Feita no mais absoluto silêncio, a viagem parece-lhe interminável. Finalmente, o caminhão para no meio de uma floresta. Um soldado manda o prisioneiro descer, venda-lhe os olhos e o amarra a uma árvore. Michal ouve barulho de passos e depois as carabinas sendo armadas. Está com medo, mas não triste. Apenas um grande vazio em sua cabeça. Alguém grita:

— Contra o inimigo da pátria, FOGO!

E mais nada. Nem mais um som, nenhuma palavra. Ele é desamarrado e levado de volta ao caminhão. A mesma estrada, o mesmo silêncio, mas dessa vez ele está com os olhos cobertos, ninguém se deu ao trabalho de tirar a venda. Volta então à prisão, onde é levado diretamente ao gabinete do diretor.

— Camarada Michal Gruda! Sente-se nesta poltrona. Um pouco de vodca? Um cigarro? Annushka vai nos trazer alguns *zakuskis*, você deve estar morrendo de fome.

Michal bebe um pouco de vodca, come, fuma um cigarro, toma mais um pouco de vodca. Sente o sangue esquentar, as pernas amolecerem. Será que tudo aquilo é real mesmo?

— E agora vamos resolver o seu caso de uma vez por todas. Aqui estão os papéis, assine, por favor, camarada, pois, da próxima vez que o levarmos até o bosque, a coisa vai terminar de outra maneira...

Mas nenhuma dessas estratégias funciona. Em sua maioria, os poloneses de Kiev assinaram. E foram fuzilados. A obstinação do meu pai lhe salvou a vida e lhe rendeu uma pena de três anos em um *Gulag* da Sibéria, onde ele acabaria ficando por seis anos. Por que será que eles precisavam de uma assinatura em um documento fajuto para fuzilar as pessoas? Não tenho a menor ideia. A mente e a lógica de Stálin são complexas demais para mim.

Quando o Partido Comunista Polonês foi informado da acusação contra meu pai e de sua deportação para a Sibéria, os dirigentes procuraram minha mãe para avisá-la de que seu filho não poderia ficar na casa dos Kryda, a família desse traidor. Do contrário, ela mesma seria expulsa do Partido. Como não podia cuidar de mim nem deixar o Partido, pediu à irmã Tobcia que me levasse para Paris.

Essa história toda é para entender o que é que o estou fazendo em um país cuja língua não conheço, sentado no quarto de uma menina, de olhos fechados, esperando que minha carta e um isqueiro da Torre Eiffel consigam despertar a desconfiança de Hugo e Fruzia.

CAPÍTULO 6
Rumo a uma nova vida

Certa manhã, depois de tomar o café, Lena me diz:

— Hoje vamos dar uma volta de carro. Depois, vamos visitar um lugar fantástico, onde há muitas crianças da sua idade. Você poderá brincar com elas o quanto quiser.

O passeio de carro certamente me agrada.

— E as crianças são francesas?

— Sim, sim, mas não se preocupe, elas vão brincar com você ainda que não falem a mesma língua.

Não é isso que me preocupa, apenas o fato de que minha única tentativa de contato com um garoto francês foi um fracasso. Fico pensando que posso perfeitamente evitar caretas; talvez seja algo que eles não conheçam aqui, preferindo esperar que eles me proponham algum jogo, pois afinal sou eu o estrangeiro. É natural que eu faça um esforço de adaptação.

Chego então cheio de boas intenções ao "lugar fantástico onde há muitas crianças". Lena, Tobcia e eu atravessamos primeiro um parque, em direção a uma grande construção branca de venezianas ocre. Enquanto caminhamos pelo pátio, ouço gritos de crianças e vejo meninas e meninos jogando bola em um terreno de terra batida ao lado do prédio. Fico me perguntando se os meninos foram obrigados a jogar com as meninas. Se for o caso, fico com pena deles. Vejo também dois garotos mais ou menos da minha idade empoleirados no alto de uma grande árvore no parque. Quando passamos por perto, eles tentam se esconder. Será que aqui é proibido subir nas árvores? O fato é que existem árvores enormes, com galhos muito chamativos, que começam exatamente na altura boa para um menino do meu tamanho. Fico alerta, pois se as minhas duas acompanhantes desviarem a atenção precisarei encontrar rapidamente uma árvore para subir e me esconder. Talvez assim eu consiga me livrar das minhas sequestradoras.

Lena e Tobcia dirigem-se para a porta principal do prédio. Nós entramos. Uma senhora vem falar conosco, afasta-se e depois volta com um homem. Ele conversa durante muito tempo com Tobcia, a única de nós que fala francês. De vez em quando ele me lança um olhar, sacudindo a cabeça. Passado um tempo que me parece uma eternidade — pois estou nervoso com a ideia da minha iminente fuga —, o homem se aproxima de mim, diz algo que eu não entendo, toma-me pela mão e me faz sinais, como se quisesse que eu me despedisse de Lena e Tobcia. Lena, que nada disse desde que entramos no parque, aproxima-se de mim:

— Meu querido, como você parecia chateado na casa de Tobcia, decidimos trazê-lo para cá, pois aqui poderá fazer amigos. Virei vê-lo com frequência, não se preocupe. Já na próxima semana estarei aqui para lhe trazer algumas roupas.

Pela primeira vez então, percebo uma malinha carregada por Lena provavelmente desde que deixamos o apartamento de Tobcia. Não sei o que pensar da situação. O homem por acaso seria um cúmplice de Lena? Devo tentar fugir daqui? Ou será que, pelo contrário, finalmente me livrei da minha sequestradora? Chego à conclusão de que ela certamente está me deixando aqui para que Hugo e Fruzia não possam me encontrar.

— E eu vou ficar aqui quanto tempo?

— Bom, pelo menos até o fim do verão; depois, veremos. Se você gostar, talvez possa ficar aqui durante o ano letivo.

Tobcia e Lena se vão depois de me beijarem. E eu me vejo no meio de todas aquelas pessoas cuja língua não entendo e que não entendem a minha. O homem, que ainda me conduz pela mão, leva-me a um dormitório. Mostra-me uma das camas, em um canto do compartimento, e deposita minha mala em cima dela. Sorri para mim e diz algo que parece terminar em um ponto de interrogação. Eu faço *não* com a cabeça. Não tenho a menor ideia do que ele disse, mas, como não tenho vontade de nada, respondo negativamente. Ele me desarranja os cabelos, sorri e vai embora.

Estou completamente sozinho no grande dormitório. Devia estar contente: estou livre e posso começar a buscar ativamente uma maneira de entrar em contato com Hugo e voltar para a Polônia. Mas sinto a garganta apertada e os olhos ardendo.

CAPÍTULO 7
O Futuro Social

Aqui estou eu no Futuro Social (FS para os íntimos), um orfanato que recebe, além de órfãos, filhos de famílias que vivem na miséria, crianças cujos pais foram presos por motivos políticos e filhos de militantes comunistas de vários países. O estabelecimento é mantido pela CGT, o sindicato comunista. Sua filosofia se baseia, antes de mais nada, no respeito às crianças, que podem expressar-se livremente e aprendem a pensar por si mesmas. Mas tudo isso eu só viria a saber mais tarde.

O primeiro momento marcante da minha estada no Futuro Social foi travar conhecimento com Arnold, um professor cujas principais qualidades — pelo menos aquelas que eu noto inicialmente — são o fato de ter origem polonesa e falar minha língua. É um sujeito grande e meio arqueado, com olhar penetrante, mas suave, rosto comprido, cabelos castanhos tipo escovinha e — característica que sempre fascina as crianças — três dedos na mão esquerda, sendo dois colados um no outro. É naturalmente alegre e leva tudo com bom humor. É o professor preferido da maioria dos alunos, o que lhe vale o apelido de "meu chapa". Graças a ele, quando tenho algo importante a dizer, posso fazê-lo. Conto com meu intérprete pessoal, alguém com quem posso conversar, fazer perguntas e ouvir histórias. Mas decido conhecê-lo melhor para resolver se posso confiar nele o suficiente para falar do meu sequestro. Ele também é a única pessoa aqui que me chama de Julek, diminutivo de Julian em polonês — para os outros, eu me chamo Jules Kryda —, e eu fico feliz de ouvir de vez em quando o meu antigo nome.

Boa notícia: existem crianças francesas que são divertidas. Na visita à Torre Eiffel, eu tinha dado azar. Algumas têm até um repertório de caretas que não deve nada ao meu. A comunicação flui bem com os outros "órfãos": eles me falam em francês e eu respondo em polonês. Certamente perdemos em matéria de sutileza, mas é mais que suficiente para brincar de polícia e ladrão ou jogar bola.

Poucos dias depois da minha chegada, acontece um incidente desagradável. Estamos todos fazendo fila diante do refeitório, à espera de que as portas se abram para o almoço. Atrás de mim, ouço um riso agudo e abobalhado. Volto-me e vejo um garotinho magro de nariz arrebitado e orelhas de abano. Ele está olhando para mim e continua rindo, curtindo com a minha cara. Sua expressão de coruja empalhada logo me desagrada. Cedendo ao impulso do orgulho, eu pulo em cima dele e o espanco com todas as forças, esmurrando com os punhos bem fechados o seu narizinho manchado. Passados os primeiros segundos de surpresa, ele me agarra pelo colarinho e tenta me estrangular. Eu não vejo mais nada, não ouço mais nada, chuto, esmurro, mordo... Só a chegada de dois adultos nos separa, pondo fim à briga. Ao recobrar o fôlego com dificuldade, logo me dou conta de que tenho sangue nas mãos. Meu adversário está sentado no chão, a cabeça jogada para trás, e uma mulher segura firmemente um lenço no seu nariz. Ótimo, bem fraquinho esse nariz arrebitado, penso eu, limpando as mãos.

Como castigo, tenho de permanecer em pé durante toda a refeição, de costas para todo mundo, em um dos cantos do refeitório. A coruja não é punida. Durante todo o castigo, eu bufo de raiva. Entendo que meu ato merecesse uma punição, mas não aceito que aquele que zombou de mim e quase me estrangulou se saia lépido e fagueiro.

Depois do almoço, eu sou dispensado da posição humilhante. Saio do refeitório sem olhar para ninguém e vou sentar-me na minha cama. Estou desanimado: ainda não sei se vou conseguir voltar para a Polônia e me parece que a estadia aqui começa muito mal. À tarde, percebo que as outras crianças estão mais sorridentes comigo, às vezes me mandando uma piscadela ou um tapinha nas costas. Sempre de maneira discreta, quando não há adultos por perto. Começo a desconfiar que o bestinha que enchi de porrada não é uma figura das mais populares.

No dia seguinte à briga, enquanto estou alimentando os coelhos no quintal no fundo do parque, vejo aproximar-se a grande silhueta de Arnold.

— *Jak tu idzie?*
— *Dobrze.*

Para quem não conhece polonês, vou começar de novo, em tradução livre.

— Tudo bem?
— Tudo...
— Estou vendo que encontrou nossos inquilinos de orelhas compridas. Qual deles prefere?
— O branco e cinzento. Parece que ele me vê chegar de longe e sempre fica contente com minha visita.

— Ele se chama Esperto, mas não é na verdade. Fiquei sabendo que você teve um pequeno contratempo. O que aconteceu realmente?

Eu hesito em responder.

— Não quer falar?

— Não.

— Sei que você ainda não pode se defender com palavras. Mas, se alguma coisa o aborrecer ou magoar no comportamento dos outros meninos, gostaria que viesse falar comigo antes de sair espancando como um louco furioso.

— Não sou dedo-duro.

— Claro que não... O que só o honra. E eu não quero que você dedure ninguém; quero apenas que me procure para que o ajude a se comunicar com as outras crianças. E, para começar, sabe por acaso quem é esse Roland que espancou?

— Não.

— Lembra-se do Henri, o diretor, que o recebeu quando chegou aqui? Pois bem, é o filho dele.

O coruja é filho do diretor! O que significa que, realmente, a minha estada aqui começa muito, muito mal. E de repente eu tenho uma intuição, tudo me parece perfeitamente claro: Henri deve estar compactuando com Lena e Tobcia; caso contrário, ele me teria posto na rua depois do arranca-rabo com seu filhinho querido. Como a conspiração é mais importante que tudo, ele não tem escolha... Estou mesmo enrascado.

Uma semana depois, o FS vive uma grande agitação. Malas em cima das camas, os mais velhos fazem as suas, os menores são ajudados pelos instrutores. Eu preciso pedir roupas emprestadas a outros meninos, pois Lena ainda não teve tempo de vir me visitar. Fiquei sabendo por Arnold que vamos sair de férias para um lugar que se chama Ilha de Ré. Estou contente, pois verei o mar pela primeira vez. E agora tenho um amigo, Bernard, um garoto tímido um pouco menor que eu, que deve ter uns 5 anos. Nós combinamos de sentar juntos no trem. Eu sei algumas palavras em francês, as mais óbvias, como: sim, não, obrigado, bom dia, olá, por favor, beber, comer e, naturalmente, *merde*. E também outras que descrevem minha vida no Futuro Social: coelho, cachorro, amigo, maçã, pera, árvore, bola, bola de gude, brincar, correr, e, mais recentemente, férias — mas isso não é difícil, é quase a mesma coisa que em polonês, *vacances — wakacje*. As crianças acham graça da minha maneira de pronunciar o *r* enrolando a língua. Eu treino muito com meu amigo Bernard para conseguir dizer *pera* como as outras crianças, mas por enquanto parece mesmo que estou arranhando a garganta.

CAPÍTULO 8
A verdade

Adorei nossas férias na Ilha de Ré por causa do mar, mas sobretudo pelos enormes lagartos verdes com os quais ficava brincando o tempo todo. Eu botava um deles no ombro e saía passeando pela praia. Já tomei a decisão: quando crescer, serei domador de animais. Também fiz amizade com um cãozinho branco peludo, o Bibi. Ele me seguia para todo lado e vinha sempre que eu chamava. Como eu falava com ele em polonês e ele me ouvia com grande atenção, os outros garotos chegaram à conclusão de que eu sabia falar a língua dos cães. Do alto de sua posição privilegiada de melhor amigo, Bernard queria que eu lhe ensinasse algumas palavras de "cachorro". Optei por não desiludir o pessoal. Afinal, Bibi realmente parecia entender tudo que eu lhe dizia. Talvez o polonês seja de fato uma língua que nos permita a comunicação com os cães. Até Roland, o coruja, ficava impressionado com meus dons e me observava, pasmo, quando me apanhava em animada conversa com Bibi. Essas férias foram a última época da minha vida em que aproveitei a condição de estrangeiro, pois desde a volta todo mundo sabe que eu entendo o que dizem em francês. E eu consigo me comunicar na língua deles.

Agora tenho uma nova amiga no Futuro Social: Geneviève. Ela é uma das instrutoras. Gentil e divertida, mas também sabe ser severa e exigente. Toda vez que me vê, ela exclama:

— Mas que gracinha, ele tem olhos azuis!

Corre o boato de que ela e Arnold estão namorando. É o Roger (Roger Binet, conhecido como Robinet [torneira, em francês], apelido que muito mais tarde eu lamentaria ter usado com tanta frequência para irritá-lo) que o está contando a todo mundo. Não sou nenhum especialista em assuntos do coração, mas é verdade que muitas vezes os vemos conversando baixinho, aos sussurros, e talvez seja assim que a gente identifique os apaixonados.

É ótimo conversar com Geneviève. Para uma pessoa adulta, ela me ouve com muita atenção. Certa vez, ela me diz que "minha mãe" virá visitar-me mais tarde naquele mesmo dia. E fica espantada com minha falta de entusiasmo.

— Eu sei que é a primeira vez que ela vem vê-lo, mas ela esteve muito ocupada desde que o trouxe para cá. Deve estar ansiosa por voltar a vê-lo.

— Ela nem é minha mãe.

— Como assim?

Pronto, é agora ou nunca. Encontrei a pessoa certa em quem confiar, e meu francês já é bastante bom. Eu então arrisco.

— Ela me sequestrou dos meus pais, Hugo e Fruzia Kryda, em Varsóvia. Disse que era minha mãe, mas eu sei que era um truque para eu não fugir durante a viagem. Quero voltar para a casa dos meus verdadeiros pais na Polônia. Sinto muita falta deles.

Geneviève, que não faz o gênero tagarela, fica me olhando sem nada dizer. Tem as maçãs do rosto vermelhas e os olhos úmidos. Eu fico esperando um tempão.

— Jules, meu pequeno Jules. Por favor, acredite em mim, Lena é sua mãe de verdade... Quando você era muito pequeno, ela não teve escolha senão entregá-lo a pessoas que cuidaram de você como se fossem seus pais. Como tampouco teve escolha senão buscá-lo mais tarde. E fez tudo isso pelo seu bem... Você tem de acreditar em mim.

Eu não sabia o que dizer.

— Eu queria tanto que você acreditasse! Um dia você voltará a encontrar essas pessoas que o criaram, mas por enquanto é melhor que fique aqui, meu pequeno. Lena o ama muito, você bem sabe. Por favor, seja gentil com ela. Promete?

Não respondi nada.

— Pense um pouco nisso, está bem? Não tenho motivo algum para mentir, entende? Pense no assunto e voltaremos a conversar depois da visita da sua mãe. Vamos, está na hora de comer, seus amigos já estão no refeitório.

Não estou com fome. Não tenho a menor vontade de me juntar a quem quer que seja. Vou para o parque e caminho, sem pensar muito, até o cercado dos coelhos. Estou com frio, e isso me faz bem. Esperto vem na minha direção todo ansioso, mas nada tenho a lhe oferecer. Posso apenas contar-lhe minha história, da qual já não entendo mais nada. Ele fica me olhando com seus grandes olhos tristes. Não gostaria de estar no meu lugar. Eu sei que Geneviève não mentiu para mim. Posso sentir. Ela não seria capaz de fazer isso comigo, o que não quer dizer necessariamente que a história de Lena seja verdadeira. Tobcia certamente contou essa versão ao me trazer para cá, e ninguém teria motivos para questioná-la. É a única esperança que me resta. Mas alguma coisa me leva a crer que Geneviève sabe muito mais do que o que me disse sobre minha vida e a de Lena. Esperto pressiona o focinho contra minha mão, como se quisesse concordar. Mas por que Hugo e Fruzia teriam mentido para mim? Não estou com vontade de me encontrar com Lena. Queria sair daqui, ir para muito longe.

— Julek, vamos, acorde.

É Arnold falando comigo. Eu não entendo nada. Por que ele veio me acordar no meio da noite?

— Sua mãe está esperando na sala de estar. Ela não tem muito tempo.

Eu levo alguns momentos para cair em mim. Estou deitado sobre as folhas mortas, bem ao lado do cercado dos coelhos. Tenho uma pedra sob a nádega esquerda, completamente dolorida. Levanto-me e sigo Arnold docilmente, ainda sem ter saído completamente do sonho. Eu estava brincando com meus amigos no pátio em Varsóvia. Cada um tinha uma grande caixa negra que servia de casa, com uma única janelinha desenhada em uma das paredes. Era muito pequeno lá dentro, muito escuro, mas eu adorava entrar. Quando estava lá, eu não existia mais para os outros.

— *Julek! Mój kochany! Opowiec mi, jak tu ci idzie?*

— Está tudo bem.

Não tenho grande coisa a lhe contar. Ela pergunta como vai o meu francês. Eu digo: *Bien*. Em francês. Pergunta também se Arnold continua conversando comigo em polonês, para eu não esquecer minha língua. Respondo que sim. Ela pergunta se fiz amizades aqui, se estou me divertindo aqui, se como bem aqui. *Oui. Oui. Oui.* E assim por diante. Depois ela me conta que passou as férias na montanha, que caminhou muito, que ficou muito cansada, mas que viu paisagens esplêndidas. Pouco antes de se despedir, ela tira uma caixinha da bolsa com bombons cor-de-rosa e bombons brancos. Têm o formato de ovos. Ela também me entrega uma mala com roupas e pergunta se estou precisando de alguma coisa. *Non*. Ela me beija muito em cada bochecha e se vai.

Eu menti para ela. Desde que eu passei a me virar em francês, Arnold não fala mais comigo em polonês. E eu lhe sou muito grato por isso. Tenho vergonha dessa língua que me faz pensar em Lena e me torna diferente dos outros. E agora tenho um motivo a mais para não falar polonês: começo a entender que as únicas pessoas pelas quais eu gostaria de continuar falando polonês, Hugo e Fruzia, me traíram.

Da minha língua materna, eu só preservaria, nos anos que passei na França, as poucas palavras que ensinei aos garotos logo depois de chegar ao Futuro Social, quando eles queriam aprender a falar a língua dos cães. Quatro palavrinhas de nada: *tak, nie, gówno* e *królik*. Tradução: sim, não, merda e coelho. Eu era muito pequeno para ensinar palavras mais chulas a eles.

Nas semanas posteriores ao meu encontro com Lena e à minha conversa com Geneviève, a verdade tranquilamente foi abrindo caminho na minha cabeça. Não demorou, e a tese da conspiração caiu no esquecimento. De qualquer maneira, minha nova vida é aqui com as outras crianças do Futuro Social. Eu entendo cada vez menos o polonês e não tenho mais vontade de voltar para a casa de Hugo e Fruzia. Muito embora possa às vezes sonhar à noite com Fruzia, sentir seu calor, seus dedos fazendo cafuné nos meus cabelos.

CAPÍTULO 9
Uma visita-surpresa

Vários meses se passam até que minha mãe volte a me visitar, no verão de 1937. Eu agora sou um autêntico menino do FS, tenho meus amigos, meus hábitos, meu mundo, minha vida... E não estou mais entre os pequeninos, afetuosamente chamados de pirralhos, pois já tenho 7 anos e meio. Certa manhã, quando Geneviève vem me anunciar a visita de Lena, minha primeira reação é não recebê-la. Devo esclarecer que faz um dia lindo e, depois de vários dias chuvosos, nós, os caubóis, finalmente podemos ter nossa revanche contra os índios, que venceram as duas últimas guerras. Geneviève me procura durante muito tempo até me encontrar, pois estou bem camuflado no meu esconderijo favorito, que não posso revelar aqui, pronto para armar uma emboscada. Mas ela tem uma voz forte, e, depois de fingir que não ouvia seus repetidos "Jules, onde é que você está?", acabei fraquejando e me entregando. Mas não sem me certificar de que ninguém me vira rastejar para fora da minha toca. Quando ela me dá a "boa" notícia, eu respondo que minha mãe precisa avisar quando vier me visitar, que às vezes eu tenho mais o que fazer.

— E quem ela pensa que é?

Essa última frase, naturalmente, é um grave erro no plano estratégico, o que eu percebo antes mesmo que Geneviève responda, muito calmamente:

— A sua mãe? — Para em seguida acrescentar: — E ela quer levá-lo ao cinema. Mas, se você não quiser, vou dizer-lhe que esqueça.

Claro que quero ir ao cinema... Além do mais, não somos obrigados a ficar conversando durante o filme.

O reencontro com Lena é desconcertante. Primeiro, ela chega, toda satisfeita, me abraça muito forte e começa a falar com grande rapidez em uma língua que eu não conheço mais. Para minha grande surpresa, constato que não entendo mais o polonês. Nadinha. Não identifico nenhuma das palavras que vão saindo sem parar da boca da minha mãe. Mas uma palavra se destaca em meio a toda aquela chorumela: *Tarzan*... É o filme que ela quer me levar para ver, suponho. Fico espantado de descobrir que minha mãe tem tão bom gosto em matéria de cinema, mas não me queixo, é uma excelente notícia.

Nós vamos de ônibus. Eu conto para ela sobre os meus amigos, nossas brincadeiras, os bebês coelhos que nasceram... Ela responde sempre com *oui, oui* ou *humm*. A princípio acho estranho, pois, estando há tanto tempo na França, minha mãe certamente deve falar francês. Dou-lhe o benefício da dúvida, pensando que provavelmente ela fica incomodada com seu sotaque.

Depois do cinema, nós vamos tomar um sorvete. Estou muito agitado, empolgado com o filme, com esse Tarzan que vive na selva com seus amigos macacos. Tenho dificuldade de ficar no mesmo lugar e comer calmamente. Quero falar sobre o filme.

— Eu queria ser capaz de gritar como Tarzan.

Faço uma primeira tentativa. Que deixa a desejar.

— Caramba, vou precisar treinar.

Lena ri.

— Eu queria ir para a selva. Você sabe onde é que podemos ver macacos, em qual país?

— Sim, sim...

— E onde é?

— Humm...

— Estou perguntando onde, em qual país existem macacos!

— Ah, sim!

— Que merda, não estou acreditando!

Faço então uma excelente imitação de macaco, gritando e coçando as axilas.

— Onde é que existem macacos?

Dessa vez, falo bem alto, articulando exageradamente cada sílaba, como se estivesse falando com uma velha meio surda.

— Humm... Não sei...

Eu nem tenho mais vontade de falar de Tarzan. Acabo rapidamente de tomar o sorvete e me levanto. Na volta, quase não falamos. Grudo meu nariz na vidraça do vagão e vejo os campos passando, imaginando-me a correr pelo mato com meus amigos macacos, subindo nas árvores mais altas, passando de um galho a outro em um cipó.

Ao retornarmos para o orfanato, as crianças estão todas enfileiradas do lado de fora, com mochilas nas costas, como se estivessem se preparando para sair em expedição. Depois de passar pelo portão, eu começo a correr, com medo de me atrasar e perder alguma coisa. Sou detido por Arnold.

— Ei! Aonde vai correndo assim?

— Bom, não sei, e vocês, estão indo aonde?

— Vamos tomar banho no canal. Se for depressa pegar sua roupa de banho e uma toalha, poderá vir conosco. E sua mãe também, se quiser.

— Pergunte você a ela.

Eu subo as escadas pulando os degraus, corro até o dormitório, procuro entre minhas roupas, encontro um calção que parece mais limpo, pego minha toalha, tento dobrá-la como gente grande, não consigo, mas tudo bem, deixo-a como está, desço correndo as escadas e, pouco mais de cinco minutos depois, estou enfileirado com as outras crianças.

Para chegar ao canal, tomamos a rua principal, que liga o FS à aldeia de Villette-aux-Aulnes. Caminhamos em fileiras, em duplas, como bons soldadinhos, tendo um instrutor à frente e dois fechando a marcha. Não pode haver nenhum atraso, nós sabemos disso, e à parte Fabrice, um esquentadinho que está sempre tentando fugir para escalar as cercas das casas, ninguém se arrisca a sair da fileira. De vez em quando, alguém dá um sopapo em um menor, grita uma bobagem para provocar risos ou um dos maiores solta um "E aí, belezoca" para uma menina que passa, mas é melhor evitar exageros para não ser proibido de sair e ficar sozinho no orfanato sob a vigilância de Henri.

Atravessamos o campo dos Dumontier, um pessoal bem simpático. Eles têm uma vovó muito velha que volta e meia é encontrada perdida pelos campos e tem de ser levada de volta para casa. Ela está sempre sorrindo. Quando nos vê, corre na direção de um de nós, geralmente a menor das meninas, e lhe belisca as bochechas, recriminando-a por algo de que só ela tem conhecimento.

Depois do campo há um pequeno caminho que atravessa um matagal, e falta apenas descer a encosta até o canal. Assim que chegamos, todos saem correndo para botar as roupas de banho, os meninos na frente de todo mundo, as meninas, usando as toalhas para se proteger. E os que sabem nadar se atiram na água fazendo o maior estardalhaço. Eu não estou entre eles. O que não é grave, pois dá para se divertir bastante à beira do canal. Mas quando o tempo está bom e quente como hoje, eu seria capaz de dar toda a minha coleção de seixos para pular na água com os outros. Arnold me puxa discretamente pelo cotovelo e me encaminha na direção de Lena:

— Fique um pouco com sua mãe, que logo voltará para Paris.

Lena lhe diz algo fazendo um sinal de repreensão com o indicador, com certeza uma reprimenda por não ter sido capaz de cumprir seu papel de guardião do meu polonês. Bastava que me tivesse deixado na Polônia, se queria que eu falasse polonês. Aqui, não serve de nada.

Ela continua falando comigo em polonês, eu respondo em francês, e ela repete: *Oui. Oui.* Sempre a mesma história.

— Você sabe nadar?

— *Oui, oui.*

— Então, por que não entra na água?

— Humm... Não sei.

Se ela sabe nadar, não há motivo para que continue sentada ao lado, nesse diálogo de surdos. Eu me levanto, faço sinal para que Lena me acompanhe e... a empurro dentro d'água.

Bem, a verdade é que ela não sabe nadar, nem um pouquinho. A queda de Lena na água causa grande agitação. Para começar, ela está aos gritos, gesticulando muito em desespero e jogando água para todo lado. Mais um pouco e as pessoas começam a correr, outras me xingam, outras ainda dão ordens contraditórias, duas ou três meninas começam a soluçar, e, no fim das contas, Arnold, o único que conseguiu manter a cabeça fria nesse alvoroço todo, se atira na água, agarra minha mãe e a conduz até a escada de mão.

Eu me sento na minha toalha e aguardo os acontecimentos, o que não demora muito. Arnold se aproxima de mim.

— Gostaria que me explicasse o que aconteceu...

— Bom, eu perguntei se ela sabia nadar, e ela disse que sim. Eu não tinha como saber que ela estava mentindo!

— Ela não mentiu, certamente entendeu mal sua pergunta. Você com certeza notou que o francês dela não é muito bom.

— Pois então que não responda, se não entendeu! Se ela responde, eu não posso...

— Está bem, está bem, imagino que você não lhe quisesses fazer mal. Mas empurrar alguém no canal nunca é uma boa ideia, mesmo quando a pessoa sabe nadar. Você é capaz de entender que Lena podia ter se afogado? Vai precisar passar por um período de reflexão para pensar bem em tudo isso.

Meu "período de reflexão" significa três dias sem qualquer atividade. Posso apenas sair e sentar na cadeira de reflexão, que fica atrás do prédio do Futuro Social. Nessa posição humilhante é que eu ouço os gritos de vitória dos caubóis, que acabam de ganhar, sem minha participação, sua primeira grande batalha de verdade.

CAPÍTULO 10
O mapa da Espanha

Futuro Social pode parecer um nome pomposo. Mas não se trata de mero capricho; o nosso estabelecimento é um orfanato operário, de filiação comunista, no qual é preconizado o direito universal à educação. Todos os nossos instrutores estão empenhados em nos transformar em adultos capazes de pensar de maneira independente; pessoas engajadas na vida social. E embora aprendamos a ler e escrever na escola da aldeia, os instrutores do FS é que nos ensinam todo o resto: abrem-nos as portas da natureza, dão-nos aulas de história, ensinam-nos a respeitar, a refletir, a ter compaixão, a nos ajudar uns aos outros, a viver em sociedade... Nossa formação também comporta elementos de educação política, que, no meu caso, começa pela Guerra Civil Espanhola.

Um dia, quando estamos brincando no pátio, Arnold nos chama com seu vozeirão. Somos cerca de uma dúzia ao seu redor. Ele se agacha e faz um grande desenho na terra batida.

— Já explicamos o que está acontecendo na Espanha. Pois agora quero falar disso mais detalhadamente. Vejam este desenho... Sabem o que significa?

— É uma calcinha! — berra o grande Marcel.

— Alguém tem uma ideia melhor?

— Deve ser o mapa da Espanha... — responde Madeleine, uma das mais velhas, de grande bom senso.

— Muito bem, isso mesmo. Não é um desenho perfeito, mas assim poderei informá-los melhor sobre o que está acontecendo lá. Considero importante que vocês entendam bem o que está em jogo nessa guerra, pois dentro de dois dias iremos a Paris participar de uma grande manifestação de apoio às forças republicanas da Espanha.

Para a maioria de nós, uma manifestação é acima de tudo uma oportunidade de sair do orfanato, gritar e cantar a plenos pulmões no meio de uma multidão. Resumindo, uma desculpa para uma festa. E se não fosse o ar dramático com que Arnold nos convocou teríamos deixado explodir nossa alegria. Mas percebemos que não pegaria bem deixar que transparecessem os motivos fúteis pelos quais gostaríamos de participar de uma manifestação. Ficamos então a nos observar uns aos outros de soslaio, sorrindo, para arregimentar nosso interesse por aquele mapa da Espanha que nada tem a ver com uma calcinha.

Valendo-se de linhas, flechas, pedras e galhos, Arnold explica a situação das tropas republicanas e franquistas na Espanha. É muito interessante, mas bastante complicado. Outros países interferem na coisa toda; a Itália e a Alemanha do lado dos "vilões" (os nacionalistas, comandados por Francisco Franco), mas ninguém quer apoiar os "mocinhos" (no caso, os republicanos, que Franco tinha tentado derrubar com um golpe militar). Mas chegam pessoas de toda parte para ajudar as tropas republicanas, arriscando a própria vida. Pela maneira como Arnold nos fala dessas pessoas, logo percebemos que são heróis, e que não faltaria muito para que ele mesmo atravessasse a fronteira e se juntasse às Brigadas Internacionais, apoiadas, entre outros, pelo Partido Comunista Francês.

No fim dessa aula de atualidades, Arnold nos convida a confeccionar bandeirolas e cartazes para a manifestação. Foi tão convincente a respeito da importância do que acontece com nossos vizinhos espanhóis que ninguém mais considera nossa incursão como uma oportunidade de pagar o pato. Trabalhamos durante horas na preparação do nosso material de manifestantes profissionais. Ninguém poderá dizer que as crianças do Futuro Social abandonaram seus amigos espanhóis, como a França e a Inglaterra!

Durante uma bela manhã de primavera, um grupo entusiasmado e convicto entra no ônibus em direção a Paris. Roger Binet está incumbido da delicada tarefa de transportar a bandeirola que eu e ele confeccionamos e que estamos loucos para desenrolar ao chegar a Paris. Após um longo debate, concordamos em escrever nela: Solidariedade aos nossos irmãos espanhóis. Roger queria algo mais divertido, mais "chamativo", como dizia, e eu, pelo contrário, queria mostrar que não é por sermos jovens que não entendemos a gravidade da situação. Eu levava muito a sério minha participação nessa manifestação política, empenhando-me de todo coração nos preparativos. No fim das contas, nossa bandeirola ficou bem legal, toda amarela, vermelha e violeta, as cores da bandeira republicana.

Somos cerca de vinte crianças a desembarcar perto das Buttes-Chaumont, em Paris. De lá, teremos de seguir até o muro dos Federados, no Cemitério Père-Lachaise, ponto de encontro dos manifestantes. Somos acompanhados por Arnold, Geneviève, um instrutor chamado Feller e sua mulher, Margot. No ônibus, recebemos instruções sobre como não nos perdermos na manifestação.

Cada adulto tem cinco ou seis crianças sob sua supervisão. Cada grupo é subdividido em dois, formando-se equipes de duas ou três crianças encarregadas de vigiar umas às outras. Fomos autorizados a escolher nossas equipes, e eu, naturalmente, fico com Roger, pois carregaremos juntos nossa bandeirola — nossa obra de arte, melhor dizendo! Nós nos consideramos sortudos, pois as crianças menores de 7 anos não tiveram direito de participar da manifestação. E nós temos exatamente 7 anos...

Caminhamos rapidamente até o Père-Lachaise — quer dizer, como somos os menores, vamos trotando atrás dos outros, quase caindo várias vezes com nossa bandeirola. Outros pequenos grupos marcham ou correm na mesma direção, com suas faixas e cartazes, gritando ou cantando.

É cada vez maior o barulho dos gritos, da música e das buzinas. Bordões são berrados nos megafones. Vejo ao nosso redor todo tipo de faixas, cartazes e bandeirolas, nem sempre tendo alguma relação com a guerra na Espanha. Acabo entendendo que uma parte da multidão está se manifestando em favor dos trabalhadores agrícolas em greve, outra causa importante do momento.

Arnold nos dirige para um grupo de adultos que ele aparentemente conhece bem e que grita em favor da intervenção francesa ao lado das forças republicanas. Pronto, encontramos nosso lugar. Roger e eu desenrolamos nossa bandeirola, um pouco atrapalhados, pois não é fácil sustentar a coisa acima de nossas cabeças. Finalmente, dois garotos mais velhos que nada haviam trazido vêm nos ajudar. Assim que a situação se estabiliza um pouco, junto minha voz ao brado geral. No nosso grupo há um homem com um grande bigode que aparentemente é o dono dos bordões. É perfeito, basta escutá-lo e a gente sabe o que gritar. Eu acho o máximo.

— Solidariedade entre os povos! *No pasarán!* — E o mesmo lema repetido em francês: — *Ils ne passeront pas!* Pão, paz e liberdade para nossos amigos espanhóis!

Já nas canções é mais difícil, pois na cacofonia reinante é complicado identificar as palavras, e Arnold não se lembrou de cuidar dessa parte extremamente importante de nossa preparação como manifestantes. Ainda assim, conseguimos juntar nossas vozes às dos outros em certos refrãos, ficando no máximo algumas frações de segundo atrasados em relação ao coro caótico. Terei de me lembrar de pedir que os cantos revolucionários sejam incluídos na programação do coral do Futuro Social, ao qual me juntei recentemente.

No auge da festa, Arnold anuncia a hora da volta. Empolgadas com o clima da manifestação, várias crianças se rebelam contra a decisão, considerando-a precipitada e exigindo que seja submetida a votação. Arnold engrossa a voz — embora eu tenha certeza de ter percebido um furtivo brilho de diversão em seu olhar — e declara que é uma boa ideia, mas que teremos que partir imediatamente para não perder o último ônibus que passa em frente ao FS, a menos que estejamos dispostos a caminhar noite adentro. Seu argumento convence a maioria dos rebeldes, e só Marcel continua gritando:

— Nem pensar, democracia ou morte!

Geneviève se aproxima de Arnold e sussurra algo no seu ouvido. Arnold sorri e anuncia:

— Muito bem, levante a mão quem quiser sair agora mesmo para pegar o último ônibus.

Todo mundo levanta a mão, menos Marcel. E é dessa maneira absolutamente democrática que chega ao fim nossa participação na manifestação.

CAPÍTULO 11
O Futuro Social Florido

Nos anos que passei no Futuro Social, várias vezes eu pulei o muro que nos separava do resto do mundo. Eu sabia que era proibido sair sem autorização, mas achava que a causa era boa e que, se ninguém notasse minha breve ausência, o mal não seria grande.

Minhas primeiras escapadas foram na primavera de 1938, sob as ordens de Feller, que durante alguns meses substitui Henri à frente do Futuro Social. Minha relação com Henri sempre foi fria. Eu nunca lhe perdoei pela punição do início do meu período no orfanato, que considerei severa demais, e ele provavelmente nunca me perdoou pela evidente hostilidade em relação a Roland, seu filho coruja. Retrospectivamente, contudo, chego à conclusão de que não era apenas uma questão de orgulho entre nós, e que na verdade não tínhamos personalidades compatíveis. Henri era um sujeito muito sério, sem senso de humor e com uma visão estreita e autoritária de seu papel à frente do FS. Por conta disso que pude apreciar bastante os "meses Feller", como viriam a ficar conhecidos mais tarde entre nós.

A lembrança que me ficou de Feller é de um homem sempre malvestido, de cabelos ruivos, despenteados, olhos azuis, redondos como bilhas, e um bom humor contagiante. Parece que ainda hoje consigo vê-lo à janela chamando a mulher, que também era sua secretária:

— Margot, venha para o escritório!

Como fundo musical, a *Sinfonia inacabada* de Schubert. O título da obra e o nome do compositor me foram fornecidos por Arnold, grande melômano, sempre tentando transmitir sua paixão às crianças — em geral sem sucesso.

Um dia, Feller decide criar um concurso de jardinagem para estimular o amor e o respeito à natureza nas crianças. No terreno do orfanato existem duas áreas plantadas: a horta, onde Grande Pierre, o jardineiro, cultiva legumes que depois nos são servidos à mesa, e um jardim meramente decorativo. Grande Pierre sempre fica contente ao ver as crianças interessadas em seu trabalho e adora explicar como escolher as sementes, adubar as plantas, tratar as que estão doentes. Ele fica encantado quando Feller lhe apresenta a ideia do concurso, no qual cada participante terá seu pequeno quinhão de terra para cultivar como bem entender.

Eu sou um dos primeiros a fazer a inscrição. Sempre tive muito prazer em observar Grande Pierre plantando zelosamente suas sementes e voltando todos os dias para acompanhar e estimular seu crescimento. Sei que às vezes é necessário arrancar as plantas menos belas para dar às outras mais chances de desabrochar, que é necessário separar os bebês de sua mãe e regularmente reorganizar todo o arranjo do jardim em função das cores e formas, da altura das plantas. É a parte de que mais gosto, quando Grande Pierre recua observando seu jardim e se inclina, examinando-o de todos os ângulos, franzindo as sobrancelhas e roendo com extrema concentração a unha do polegar direito. Tenho então a sensação de ver as plantas mudando de posição em sua cabeça, como piões em um tabuleiro de xadrez.

Feller e Grande Pierre anunciam com grande pompa uma reunião com todos os alunos inscritos no concurso *O Futuro Social Florido*. Aparecem na reunião cerca de doze crianças, entre elas apenas quatro meninos: Bernard, meu primeiro amigo no FS, que já me parece nitidamente menos interessante desde que comecei a entender o que ele diz; Philippe, o intelectual do grupo dos mais velhos, que caiu no desagrado de muitos, mas que me faz rir com seu sarcasmo; Marcel, o fanfarrão; e eu, Jules. Além de nós quatro, apenas meninas, sobretudo garotas mais velhas que eu não conheço muito bem, mas também a bela e tímida Rolande, que tem 8 anos, como eu, com seus longos cachos morenos, e cuja presença justifica a participação de Marcel no concurso.

— Estou muito contente por ver tantos de vocês se interessarem pelo pequeno concurso que Pierre e eu idealizamos. Achamos que seria uma bela maneira de unir o útil ao agradável. Vocês vão adquirir algumas noções de biologia, de ciências da natureza, e todo mundo no FS poderá desfrutar da beleza do nosso jardim ampliado. Pierre, poderia explicar as regras do concurso aos nossos jovens entusiastas?

Marcel tenta fazer Rolande rir imitando os olhos arregalados de Feller e seu ar meio comovido com a situação. Rolande primeiro enrubesce, depois lhe dirige um olhar supostamente severo, mas que Marcel parece interpretar como um convite a continuar.

— Marcel! Este concurso destina-se àqueles que tenham vontade de cuidar de um jardim. Devo dizer que tenho algumas dúvidas quanto à sua motivação. Estou correto?

— Bom, não, eu até que gosto de flores.

— Um jardim requer muito trabalho, meu caro. É preciso realmente ter vontade.

— Mas eu tenho vontade sim.

Algumas crianças acham graça. Philippe levanta os olhos para o céu. Grande Pierre tenta retornar aos assuntos sérios.

— Feller, eu posso começar explicando as regras do concurso, e as crianças depois verão se querem participar, não?

— Sim, claro, prossiga.

— Pois então, vamos lá. Começaremos preparando um terreno perto do lago do parque, onde cada um terá um pedaço de terra de aproximadamente 12 metros quadrados. Naturalmente, todos terão de participar da preparação do terreno. Dentro de um prazo de mais ou menos três semanas, vocês poderão semear e plantar. Antes, terão de me fazer perguntas ou ler livros sobre jardinagem. Tenho aqui alguns. De minha parte, vou fornecer o adubo, a terra e as ferramentas de jardinagem. Devo ter algumas plantas para distribuir no início da primavera e alguns bulbos e sementes de sobra, o que será o suficiente para todo mundo. Algo a acrescentar, Feller?

— Não. E vocês têm perguntas a fazer?

— Eu estava pensando se seria possível usar plantas normais... Quer dizer, plantas selvagens que brotam no terreno aqui ou nas valas à beira da rua... — pergunta Rolande com sua voz suave.

— De minha parte, não tenho nada contra. E você, Feller?

— Tudo bem sobre as plantas do terreno do orfanato. As de fora fica um pouco mais complicado. Mas por que não? Só não gostaria de vê-los carregando uma enorme pá toda vez que sairmos em excursão. Está bem assim?

Assentimos. Feller dá por encerrada a reunião exatamente quando toca o sino do jantar, e nós nos levantamos sem dizer agradecer ou nos despedir, para sair correndo em direção ao refeitório. Eu já tenho algumas ideias sobre o meu jardim. Na hora da refeição, somos brindados com uma imitação de

Grande Pierre a cargo de Marcel. Ele assume sua pose mais sentenciosa e nos deleita com seu sotaque carregado:

— Nós vamos plantarrr plantas, com terrrra e ferrrramentas. É muito difícil. Necessário lerr livros. Marrrcel, você será capaz?

Esse Marcel é realmente um bobalhão, mas não deixa de ter seu talento para imitações.

Minha mãe virá me visitar dentro de dois dias, e eu pretendo pedir-lhe que me traga sementes; como ela sempre vem ao orfanato de ônibus, não posso pedir-lhe que me traga coisas muito grandes. Já comecei a investigar os livros de jardinagem de Grande Pierre. Estou muito empolgado com o concurso, e desde a nossa primeira reunião oficial venho observando os jardins no caminho para a escola, obrigando-me a ter uma opinião sobre cada um deles: "Este me agrada" ou "Aquele é bonito, mas um pouco arrumado demais", ou então "Isto é exatamente o que eu não quero fazer". Como todas as crianças do FS frequentam a mesma escola, posso apenas me inspirar nesses jardins, sem copiar nada, pois poderiam descobrir e eu ficaria sem chance de ganhar.

Pela primeira vez desde que cheguei ao Futuro Social, estou louco para receber a visita da minha mãe. Fiz uma lista das sementes que gostaria que ela me trouxesse, em ordem decrescente de importância: "Papoulas, amores-perfeitos, zínias, campânulas, malmequeres-de-sécia, cosmos", às quais acrescentei bulbos de dálias amarelas ou laranja. Quero um jardim campestre de cores brilhantes.

A visita da minha mãe até que transcorre bem dessa vez, sou eu que falo quase o tempo todo. Eu lhe mostro o jardim e explico as regras do concurso. Não sei o que ela está entendendo de tudo isso, mas, com minha lista — na qual tudo está muito claramente indicado —, ela não terá como se enganar. O único momento em que me irrito um pouco é quando lhe peço que volte daqui a quatro semanas e vejo, por sua reação meio vaga, que ela não está levando meu pedido muito a sério. Os seus habituais *oui, oui* me tiram do sério, e eu insisto, explicando que, caso contrário, nem precisa aparecer, pois será tarde demais para o concurso. Ela promete que voltará "o mais rapidamente possível". A promessa não é precisa o suficiente para o meu gosto, mas eu não posso fazer nada, senão esperar que minha mãe seja uma pessoa digna de confiança — apesar das mentiras que me contou quando eu era pequeno.

É enorme, então, o alívio que eu sinto, cerca de cinco semanas depois dessa conversa, quando Arnold me informa que Lena deverá vir no dia seguinte. Eu já estava quase achando que minha mãe tinha se esquecido de mim... mas não. Fico me culpando por não ter confiado nela.

— Bom dia, meu pequeno Julek.
— Bom dia, Lena. Tudo bem?
— Bem, bem, e você?

Eu me esforço para conversar sobre diferentes coisas com ela antes de passar ao que realmente me interessa. Depois de certo tempo, ela é que aborda o assunto.

— Trouxe isto para você. Quer?
— Sim, claro!

Lena tira de sua grande bolsa de tecido uma pequena embalagem de papel e a entrega a mim. Eu a apanho e abro-a. São chocolatinhos...

— Mas você também trouxe as sementes, não?

— *Oui, oui* — faz ela, um pouco surpresa com a minha reação.
— E onde estão?

Ela apenas olha para mim.

— As sementes, está lembrada? Eu lhe dei uma lista, flores, nomes de flores em um pedaço de papel...

— Ah, *oui, oui*, flores! Mas eu tenho chocolates. As flores, depois... Próxima vez.

Eu sinto minhas orelhas ficando quentes. Tenho vontade de me levantar e sacudi-la pelos ombros com toda força. Mas fico sentado, sem dizer nada, esperando que aconteça alguma coisa que faça com que aquela mulher desapareça da minha frente. Não sabendo mais o que dizer, Lena resolve rapidamente que chegou a hora de se ir. Beija-me — o que me irrita —, sorri para mim — o que me irrita —, aperta-me contra ela — está bem assim, acabou? —, vira-se e vai embora.

Eu fico furioso. Saio para o parque e corro para me refugiar no meu esconderijo secreto. Pouco antes de entrar nele, dou um pontapé em uma pedra enorme. Ai! A dor me deixa um pouco mais calmo. Eu me sento enroscado e passo um bom momento revendo mentalmente os muitos motivos que me fazem ficar com raiva de Lena.

— Eu nunca posso confiar nela. Ela não é digna de confiança, não faz nada que eu lhe peço, mas sempre diz *oui, oui*, porque não tem coragem de me dizer "Fique sabendo que nem estou aí para esse seu negócio", o que é a verdade, pois para ela tanto faz tudo o que me diz respeito. Mas não vou deixar que ela me atrapalhe dessa vez. Só porque ela é muito burra para se lembrar de um favorzinho de nada, não vou deixar de fazer o mais belo jardim do concurso.

Preciso encontrar uma solução, e rápido, pois já começou o período de plantação.

A solução me aparece em todo o seu fulgor, em toda a sua lógica, em toda a sua simplicidade.

Já na manhã seguinte, imediatamente depois do café da manhã, eu vou até o fim do parque, por trás do lago, no local onde o muro de pedras é camuflado por grandes arbustos. Agarrando-me com toda a força dos meus dedinhos às poucas pedras que se sobressaem, eu subo até o alto. Sem olhar para trás, pulo para o outro lado e caio em um terreno baldio entre duas casas de jardins muito bem-cuidados. Nem preciso ir além nessa minha primeira investida. Dirijo-me para a direita, sem perder de vista a casinha branca meio escondida por enormes árvores. É perfeito. Minha silhueta se confunde com a sombra das árvores, e ninguém poderá me ver.

No jardim, as coisas ficam um pouco mais complicadas: ele está situado em pleno sol. Eu o observo de longe, pensando no que pode me interessar ali. Como não trouxe ferramentas, preciso escolher algo que possa desenterrar com as mãos. Pronto, achei: os íris. Em um recanto mais sombreado, identifico suas longas folhas chatas. Dou uma última olhada em direção à casa, respiro fundo e disparo, quase rastejando, como se estivesse preparando uma emboscada. Tento inicialmente desenterrar grandes íris, mas a terra onde brotam é dura e compacta, e eu não consigo passar os dedos por baixo dos rizomas. Olhando ao redor, descubro pequenos íris de folhagem muito pálida em um recanto mais arejado do jardim, que parece ter sido preparado recentemente. Vou-me deslocando então, sempre na altura do solo. Dessa vez funciona! Trato logo de desenterrar três ou quatro e me preparo para ir embora. Mas penso melhor, achando que mais vale rentabilizar o risco corrido. Escolho então mais quatro, que de qualquer maneira não estavam muito harmonizados com o resto do jardim... Ah, e quer saber o que mais? Os três últimos, ainda, que trato de enfiar nos bolsos.

No momento em que começo a voltar, ouço uma porta bater ruidosamente. Merda! Tento me esconder atrás de um pequeno arbusto. Ouço a voz de uma menina. Ela parece estar envolvida em uma animada conversa... A voz se aproxima, e eu começo a distinguir as palavras.

— E se me desobedecer mais uma vez, vai ficar de castigo o verão inteiro. Entendeu, Mathilde? E por enquanto vai ficar de castigo no jardim.

Eu escuto o som abafado de um objeto caindo na relva.

— Vou voltar daqui a pouco para ver se já se acalmou.

Espero mais um pouco. A porta bate novamente. Levanto-me com cuidado, avanço lentamente até a sombra das árvores e então começo a correr. Escalo o muro do FS e cá estou de volta, lépido e fagueiro!

No dia seguinte, começo de novo a mesma operação, e também no outro. A cada vez, "visito" um jardim diferente para garantir uma bela variedade de flores. Estou cada vez mais organizado. Carrego comigo um saco e uma pequena pá de jardinagem, o que me permite escolher plantas mais delicadas e difíceis de desenterrar. Depois da quarta investida, volto em direção ao orfanato prestando muita atenção para não machucar as belas mudas de anêmonas que estão no fundo do meu saco. Chegando ao ponto onde costumo pular o muro, ergo os olhos e vejo lá no alto Arnold me observando, os braços cruzados e um sorriso no canto da boca.

— Foi boa a colheita?

Eu estou perplexo.

— Vamos, me mostre o que está escondendo no saco.

Eu obedeço.

— Belas plantas você tem aí... Não sou muito conhecedor, pode me dizer o que são?

— Err... anêmonas...

— E elas dão flores bonitas?

— Huum...

— Bem, justamente. Recebi queixas da vizinhança, dizendo que um dos nossos internos estava assaltando seus canteiros. Os vizinhos não estão muito satisfeitos, como você pode imaginar. Bom, não vamos fazer um escarcéu a respeito disso. Quero que jure que não vai nunca mais repetir essas investidas, que nunca mais vai roubar plantas nem o que quer que seja dos vizinhos do orfanato.

— Eu juro.

— Muito bem. Agora, vá plantar suas folhinhas, cujo nome esqueci, e não falemos mais disso.

O que mais me marcou nessa história, à parte da surpreendente indulgência de Arnold, foi não ter vencido o concurso de jardinagem, apesar da originalidade do meu canteiro no jardim. Não fiquei nem em segundo lugar. Nem lembro mais quem ganhou, mas achei muito injusto eu não ficar entre os vencedores. Só muitos anos depois é que eu entendi que fora eliminado da competição por procedimento ilegal.

Mas rapidamente me recuperei desse revés, e no ano seguinte fui o único participante do concurso a voltar a cuidar do próprio canteiro no jardim. Talvez tivesse a ver com meus roubos nos jardins dos vizinhos, talvez eu me sentisse de certa forma responsável em relação às minhas plantas, querendo oferecer-lhes uma vida tão boa quanto a que teriam se não as tivesse sequestrado.

CAPÍTULO 12
O Sr. Conde

Desde as férias na Ilha de Ré, eu sonhava em me tornar domador de animais. Mas agora encontrei uma nova vocação: veterinário. É ainda melhor, pois realmente ajuda os animais em vez de usá-los para divertir os seres humanos. Esse desejo ficou claro na semana passada, quando encontrei um animal ferido no terreno do Futuro Social. E não era um animal qualquer, como um esquilo ou um canário, mas uma coruja. Quando a encontrei, ela estava presa nos arbustos. Tinha alguma coisa na asa, mantida rígida ao longo do corpo. Não havia sangue, apenas uma parte depenada.

Já estou cuidando do meu pequeno animal (batizado de Sr. Conde) há quase dez dias. No início, tive de bancar o caçador: encontrava bichos da terra para ela; trouxe-lhe até um camundongo morto que fora deixado quase intacto por um gato da vizinhança. Passado algum tempo, optei por uma solução mais simples: restos de carne crua obtidos em cozinhas com meu olhar suplicante de pai adotivo. Agora que ela está melhor, pretendo permitir que saia um pouco da gaiola. Grande Pierre concordou em me emprestar sua cabana de ferramentas para uma primeira tentativa de libertação. Roger vai participar da operação comigo.

De volta da escola, estou caminhando ao lado de Roger. Gostaria muito de conversar sobre nossa questão, mas temo a presença de ouvidos indiscretos, pois não quero que o passeio do Sr. Conde se transforme em espetáculo.

— É melhor deixar a luz apagada quando assistirmos à passagem da aristocracia.

Roger não diz nada.

— Não acha?

Estou tentando falar em linguagem codificada com Roger, mas evidentemente não tive êxito. Cabe assinalar que fizemos uma prova sobre a Revolução Francesa na escola, e Roger não ficou muito satisfeito com suas respostas. Minha mensagem sutil deve tê-lo mergulhado de novo nas suas angústias de aluno dos mais medianos.

Chegando ao orfanato, logo vamos ao encontro do Sr. Conde, dormindo em sua gaiola. Eu falo suavemente com ele, que se mexe um pouco. Ainda está sonolento. Não importa, Roger e eu levantamos a gaiola e a transportamos até a cabana de ferramentas.

— Vamos abrir sua gaiola, Sr. Conde, mas é apenas para que faça um pequeno passeio, e à noite você voltará. Se tudo der certo, poderemos repetir a experiência.

Ele me ouve atentamente. Parece que o plano lhe convém. Eu ainda hesito. Roger olha para mim, impaciente. Tudo bem, vamos lá... Abro então a gaiola.

Nada acontece. O Sr. Conde não parece consciente das novas possibilidades que lhes são oferecidas. Depois de alguns instantes, Roger e eu nos entreolhamos, decepcionados.

— O que devemos fazer? Seria o caso de sacudi-lo um pouco?

— Claro, não vamos ficar aqui até a hora do jantar feito bobocas esperando até que uma coruja entenda que a porta da gaiola está aberta.

— Eu devia ter trazido algo para comer...
— Talvez ela esteja tão feliz lá dentro que tenha medo de sair.
— Fique de olho, eu já volto.

No caminho, vou levantando todas as pedras em busca de vermes. Acabo de encontrar um bicho gosmento quando ouço gritos na cabana de ferramentas. Saio correndo, tento abrir a porta, mas ela resiste.

— Cuidado, ela não pode escapar; vou abrir um pouco a porta e você entra bem depressa, está bem?
— Sim, sim... Vamos, depressa!

Lá dentro, levo alguns segundos para acostumar a vista à penumbra. Vejo a gaiola aberta, e vazia...

— Ela está lá em cima, bem no teto!
— Ela voou?
— Claro, alpinismo é que não foi.
— Isso significa que ela está curada! Sr. Conde, você ficou bom, que maravilha! Pode voltar a voar.

Minha cria parece sentir enorme prazer em passear pelas prateleiras da cabana de ferramentas. Roger e eu ficamos ali observando-a, sem dizer nada. Somos trazidos de volta à realidade pelo sino do jantar.

— Merda! Temos de colocá-lo de novo na gaiola!
— Acabei de encontrar um verme, talvez consigamos atraí-lo.
— O que é que vocês estão fazendo aqui? Está na hora do jantar!

É Grande Pierre.

— Não conseguimos trazer a coruja de volta para a gaiola.

Tudo então se passa muito rápido. Grande Pierre abre a porta, eu corro para fechá-la, tropeço em uma caixa cheia de ferramentas, Roger dá um grito, eu ouço coisas caindo, um bater de asas e vejo uma sombra voando pela porta da cabana. Rapidamente eu me levanto e saio com os braços estirados, na esperança de capturar o pássaro. Nada feito. A sombra se afasta na direção das árvores do outro lado do muro de pedras do orfanato.

— Sr. Conde, volte, por favor!

Tarde demais, ela já está longe.

— Não vem comer, Jules?

Como se eu ainda pudesse ter algum apetite! Às vezes Roger é realmente insensível; de fato merece o apelido de Torneira. Peço-lhe que não diga nada do que acaba de acontecer. Tenho certeza de que não faltaria quem ficasse bem satisfeito com nossa contrariedade. Como Roland, que não aguentava a concorrência, com seu ar de coruja...

Nessa noite, levo muito tempo para pegar no sono. Fico pensando no que aconteceu, no que deveria ter feito para impedir minha cria de escapar, achando que por muito pouco as coisas teriam saído de maneira diferente e eu não estaria com esse imenso nó na garganta. O Sr. Conde tinha se tornado muito importante na minha vida.

No dia seguinte, Grande Pierre vem ao meu encontro logo depois do café da manhã.

— Olá, Julot, tudo bem? Puxa, está com uns olhinhos tão pequenos... Eu talvez tenha uma boa notícia. Hoje de manhã, na aldeia, ouvi várias pessoas comentando sobre uma coruja que passou a noite inteira piando, impedindo-as de dormir. Fiquei achando que talvez fosse o Sr. Conde e que estava triste por não se encontrar mais aqui. Não me espantarei se ele voltar.

— E onde é que moram essas pessoas que dormiram mal?

— Perto da fazenda dos Dumoutier.

— Caramba, não é tão perto assim...

— Para o Sr. Conde, não é nada, basta bater um pouco as asas e estará de volta.

Se o Sr. Conde não está tão longe, talvez eu possa fazer algo. Mas antes preciso conversar com Roger.

— O problema é conseguir apanhá-lo. Ele não se deixará apanhar assim por qualquer um. Terá de ser você...

— Sim, mas e se ela não tiver vontade de voltar para a gaiola?

— Pois eu acho que ela sente falta de você.

— Não sei, não...

— E sabe o que mais? Esta noite vamos pular o muro e sair em busca dela.

Roger não precisa se esforçar muito para me convencer.

Uma hora depois do sinal de dormir, Roger e eu saímos do dormitório na ponta dos pés. A noite está esplêndida, com uma lua quase cheia oferecendo uma excelente iluminação para nossa missão. Caminhamos até o lugar onde o muro é um pouco mais baixo. Roger serve de escada para mim, e eu então o ajudo, puxando-o.

Caminhamos algum tempo sem dar um pio, como dois caçadores à espreita. O silêncio é rompido por Roger.

— O que faremos se a encontrarmos?

— Bom, depende se estiver encarapinhada no alto de uma árvore ou ao nosso alcance. São muitos os fatores a levar em conta. Decidiremos quando chegar o momento.

Roger não se deixa enganar por minha resposta. Fico com a impressão de que o frio o fez perder a fé em nossa empreitada. Mas, como é um sujeito legal, ele continua caminhando com determinação e olhando ao redor como um guerreiro em território inimigo.

É uma noite de profunda calma. De vez em quando, o vento espalha algumas folhas pela calçada, um cão late ao passarmos, fecham-se as venezianas de uma janela...

Chegando ao pequeno bosque, nós o contornamos até o caminho que conduz ao seu interior. Nenhum sinal, ainda, do meu pássaro. Sugiro então que nos separemos e parto em direção ao rio, enquanto Roger penetra ainda mais no bosque. Talvez o Sr. Conde venha até mim ao me ver sozinho. Mas o silêncio do ambiente não me deixa grande esperança. Cerca de uma hora depois voltamos a nos encontrar. Roger parece desanimado.

— É evidente que ela não está neste bosque. Estou disposto a continuar procurando, mas não temos a menor ideia para onde ir.

— Siga-me. Não podemos desistir assim, sinto que ela não está longe.

— Se você diz...

E então prosseguimos. Não deixa de ser divertido passear ao ar livre em plena noite e percorrer recantos ocultos de Villette-aux-Aulnes. Cruzamos caminhos lamacentos, entramos em campos de acesso proibido, encontramos um filhote de coelho que parece ter perdido a mãe. E quando surge a aurora no horizonte estamos no caminho que liga Villette-aux-Aulnes a Mitry-Mory, a uma boa hora do orfanato.

— Estou com fome. É melhor voltarmos a tempo do café da manhã, não?

Eu concordo. Não posso deixar de reconhecer: Sr. Conde não está mais por ali.

— Você cuidou tão bem dela que ela não precisa mais de você. Deveria ser veterinário quando crescer, você tem vocação.

Sujeito bacana, esse Roger.

Uma luz rosada surge por trás das nuvens azuis, no fim da estrada. O mundo começa a despertar, nós ouvimos ruídos de animais nas fazendas, galos proclamando a chegada do novo dia, o motor do primeiro automóvel passando pela estrada. Já estamos quase chegando quando ouvimos gritos. Merda, as crianças estão à nossa procura! Chegamos tarde demais para que nossa ausência passasse despercebida.

— Agora não poderemos pular o muro, vamos levar uma bela surra.

— Estou com tanta fome!

— Se entrarmos, eles não vão nos receber de braços abertos e nos oferecer comida. Vamos tentar encontrar alguma coisa no campo ou na horta dos vizinhos.

Nós damos as costas ao orfanato e partimos novamente.

CAPÍTULO 13
A punição

Chegada a noite, não aguentamos mais: quase não comemos nada durante o dia, e a noite promete ser mais fria que a anterior. Estou com tanta fome que não consigo pensar nem planejar o que quer que seja. Trato então de seguir Roger docilmente e aceito todas as suas sugestões.

— Quando todo mundo se recolher, nós pulamos o muro e nos escondemos nos banheiros do fundo do pátio. Depois, quando todo mundo estiver dormindo, vamos discretamente para as nossas camas.

— Está bem...

Não sei se realmente acreditávamos que essa estratégia nos permitiria voltar sem enfrentar consequências. Éramos dois meninos de 8 anos dados como desaparecidos há mais de doze horas. Talvez fôssemos movidos por uma espécie de pensamento mágico, como um avestruz que julga ter-se escondido enfiando a cabeça na areia, e pensássemos que no dia seguinte a vida recomeçaria exatamente do ponto em que a havíamos deixado antes de nossa aventura.

Nossa missão Volta ao FS fracassa por causa do cansaço e da fome. Não conseguimos esperar muito e vamos nos esconder nos banheiros antes de anoitecer.

Passados alguns minutos, ressoa na porta uma barulheira surda.

— Vamos, saiam daí, imediatamente!

Na expectativa de não sei que reviravolta, Roger e eu paramos de respirar, de nos mexer e até de pensar.

— Roger e Jules, eu sei que vocês estão aí! Não se façam de bobos, saiam imediatamente! Se me obrigarem a arrombar a porta, a situação de vocês não vai melhorar!

Reconheço a voz de Georges, um dos inspetores. A situação parece-me clara: nós somos como ratos! Roger acaba dando o sinal de capitulação, limpando a garganta. Eu abro a porta do esconderijo, nós dois saímos de cabeça baixa e esperamos com resignação o desenrolar dos acontecimentos.

— Sigam-me!

Georges nos agarra pelo braço e nos empurra — ou nos puxa, já não me lembro muito bem — em direção ao orfanato, e depois até o gabinete do nosso querido diretor. Georges bate à porta. Do outro do lado da porta ouve-se um "Entre" que não me parece muito convidativo. Mas talvez seja apenas porque eu tenho uma consciência muito clara da precariedade da minha situação.

— Ah! Você encontrou nossos dois pequenos fujões! Onde é que estavam metidos?

— Eu os vi pulando o muro e se escondendo nos banheiros do fundo do pátio.

— Quer dizer então que foram dar um passeio, e quando se cansaram simplesmente voltaram para o curral. Imagino que não esperavam uma recepção calorosa! A polícia está atrás de vocês! Não acham que eles têm mais o que fazer? Georges, faça o favor de comunicar aos policiais que nossos dois vadios voltaram.

— Agora mesmo.

— Vocês têm algo a declarar em defesa? Querem tentar me explicar o que se passou nessas cabecinhas?

Ficamos os dois mudos.

— Muito convincente...

Minha atenção está toda concentrada nas bochechas vermelhas do diretor. Sei que não é um bom sinal, que ele certamente está com vontade de nos dar uma surra memorável. Mas estou enganado, pois na verdade ele está arquitetando um plano muito mais diabólico que me faria lamentar não ter recebido a surra.

— Fiquem aqui, eu já volto!

Ao sair, ele tranca a porta.

— Ele não podia nos dar algo para comer antes e depois passar o sermão? — queixa-se Roger.

Eu não acho necessário responder, embora esteja de acordo com ele. Qualquer punição me pareceria bem-vinda após algumas colheradas de uma boa refeição quente.

Depois de um tempo que nos parece interminável, Henri volta.

— Sigam-me, os dois!

Nós caminhamos atrás dele pelos corredores. Sem grande surpresa, constatamos que não estamos indo na direção do refeitório. Henri nos leva até o pátio, onde todas as crianças do orfanato estão enfileiradas. Sem dizer nada, ele nos empurra para o centro do pátio e nos deixa sozinhos diante dos outros. Que devemos fazer? Pedir desculpas às outras crianças por tê-las obrigado a nos procurar o dia inteiro? Quem sabe se eu me desculpar imediatamente poderemos acabar com isso... Eu levanto um pouco a cabeça e dou de cara com Bernard, o primeiro da fila. Quando nossos olhares se cruzam, ele baixa os olhos. Parece infeliz ou sem graça... Posso sentir pela atitude dele que nada de bom está por vir.

— Vamos, Bernard, vá em frente, começamos com você.

A ordem vem de Henri. O que é que vai começar com Bernard?

Bernard avança primeiro na direção de Roger, sempre com os olhos baixos. De repente, sem nada que anunciasse seu gesto, dá-lhe alguns tapas nas costas, e então rapidamente se dirige para mim, punindo-me com algo que vagamente se parece com golpes — só que não dói nada — e sai correndo para se juntar de novo às outras crianças.

— Próximo! — grita o diretor.

É a vez de Daniel, um dos fedelhos, que avança e repete a mesma operação.

Não sei quanto tempo durou essa estranha sessão de castigo público, talvez uma hora, talvez muito menos, mas de duas coisas eu tenho certeza: a maioria das crianças não queria fazer-nos mal — exceto Roland e dois ou três garotos que se deixaram levar pelo entusiasmo —, e a dor física foi muito menos desagradável que aquela queimação no fundo do peito, a que só muito mais tarde eu viria a dar nome: humilhação.

Jamais perdoarei Henri por essa punição cruel, que destoava completamente das regras progressistas de educação em vigor no FS. Teriam Geneviève e Arnold, que estavam de férias quando tudo aconteceu, sido capazes de conter a fúria do diretor? A maioria dos inspetores do Futuro Social certamente discordava da visão pedagógica dele... e a maioria das crianças também.

No fim das contas, essa aventura teve um efeito positivo na minha vida. Para começo de conversa, selou minha amizade com Geneviève, que se prolongaria muito além da guerra e da minha partida da Europa. E me permitiu desenvolver o prazer da leitura. Pois Henri ainda não estava satisfeito. Depois de levar tapas de todas as crianças, nós fomos privados de qualquer contato verbal com elas. Ninguém tinha o direito de nos dirigir a palavra enquanto não tivéssemos pedido perdão por nosso ato e prometido não reincidir. Roger rapidamente aceitou as condições impostas pelo diretor — e eu não fiquei ressentido com ele, cada um tem seus valores. Mas estava fora de questão que eu pedisse perdão a quem quer que fosse. Ninguém quisera ouvir nossa história, que na minha opinião não merecia um tal castigo, e eu estava disposto a me emparedar no silêncio até o fim dos tempos. Desde a nossa escapada, eu sabia que não era um bom candidato à greve de fome, mas descobria com prazer que tinha certo talento para a resistência.

Como ninguém podia falar nem brincar comigo, eu passava todo o tempo livre lendo. Meu isolamento durou o tempo de dois romances e meio: *Tarzan entre os macacos*, que eu lia pela terceira vez, *Caninos brancos*, de Jack London, e a metade do *Livro da selva*. Foi Geneviève que acabou com a minha rebeldia. Para tanto, recorreu a uma arma poderosa: bombons.

Estou sentado no salão de visitas fingindo ler — na verdade, ouço os gritos das crianças que organizaram um concurso de acrobacias —, quando Geneviève vem sentar-se ao meu lado.

— Jules, tenho algo para você no meu quarto. Quer vir comigo?
— Err, vou sim...

Subo então com ela ao segundo andar. É a primeira vez em que vou ao quarto de um inspetor. O de Geneviève é pequeno, com poucos móveis, mas cheio de livros e revistas: nas estantes, na mesa de cabeceira, numa minúscula escrivaninha, no chão... Geneviève senta-se na cama e me faz sinal para sentar na cadeira ao lado da escrivaninha. Sorri para mim e diz:

— Se quiser, posso lhe emprestar alguns livros. Você gostaria?

— Sim. Acho que daqui a pouco terei lido tudo que me interessa na biblioteca do orfanato. E na escola não posso pegar os livros além da minha idade.

— Quando eu era pequena, também não gostava dos livros para crianças. Mas ainda assim preciso orientá-lo: existem livros que não são interessantes para um menino da sua idade, mesmo esperto como você... Veja, tenho aqui um grande saco de bombons, são demais para mim; se quiser, pode tirar...

Vários bombons! Que maravilha! Eu sei que não devemos nos vender ao inimigo, mas, como Geneviève sempre foi legal comigo, não consigo ficar muito aferrado a minhas posições com ela. Posso perfeitamente pegar um bombom... ou dois... que ninguém vai ficar sabendo.

— Sabe, fico impressionada de ver como você foi capaz de manter a linha de conduta que estabeleceu para si, embora não deva ser muito divertido parar de brincar com os outros, não poder mais falar com eles.

Algo em mim sugere que eu seja prudente nas minhas respostas.

— Quando a gente tem convicções, precisa se comportar de acordo. Acho que eu não preciso me desculpar por ter tentado resgatar a minha coruja, da qual cuidei durante muito tempo e que talvez não estivesse preparada para recuperar a liberdade.

— Naturalmente... Mas você poderia ter feito as coisas de outra maneira. Se tivesse conversado com um inspetor, poderíamos ter organizado uma expedição com todas as crianças do FS. Talvez até desse mais resultado.

Nisso eu não havia pensado.

— Se toda vez que uma criança tivesse um bom motivo para sair do FS pulasse o muro, pode imaginar como seria para nós?

Tenho certeza de que Henri ficou muito preocupado. Deve ter ficado com muito medo de nunca mais encontrá-los.

— Mas de qualquer jeito ele exagerou. Foi horrível levar tapas de todas as crianças, parecia que estávamos em um circo romano. E Henri bem que gostou de ficar olhando as crianças batendo em nós. Nunca vou perdoá-lo.

— Entendo que tenha sido penoso, humilhante, eu entendo... Geneviève para de falar, parece estar buscando as palavras.

— Não estou dizendo que concordo com o que ele fez. Se Arnold e eu estivéssemos aqui, pode acreditar que nós teríamos feito oposição a essa sessão de... Mas não se pode aceitar que crianças pulem o muro às escondidas. Se você me prometer que nunca mais vai fugir, acho que posso convencer Henri a suspender o seu castigo.

Conversamos um pouco mais sobre o meu castigo e outros assuntos e, no fim das contas, depois de ter comido mais alguns bombons, tive de reconhecer que Geneviève não estava errada. E prometer que não pularia mais o muro. Promessa à qual eu sempre me manteria fiel... Ou quase, à exceção de uma vez em que tive de imitar, por solidariedade, os mais velhos que não queriam deixar-se tosquiar, quando já era o único remédio contra a epidemia de piolho que grassava no FS. Mas não vou contar essa história em detalhes, pois está na hora de voltar às coisas sérias: a política.

CAPÍTULO 14
Os soviéticos estão chegando

Desde a nossa participação na manifestação em favor dos republicanos espanhóis, o entusiasmo político de várias crianças do FS aumentou nitidamente. Claro que eu faço parte da elite politizada. Muitas vezes debatemos a situação na Espanha com Arnold. Infelizmente, as notícias são sempre ruins.

Arnold não se limita à Espanha, falando-nos também da situação em outras partes do mundo. Nós nos orgulhamos de ser considerados grandes o suficiente para entender as questões políticas modernas. Orgulhamo-nos de estar do lado certo, de sermos comunistas, e pretendemos lutar enquanto for preciso para que a França entre para a Internacional Comunista ao lado da União Soviética.

Certa ocasião, somos informados de um grande evento que acontecerá no dia seguinte: a visita de dignitários soviéticos. Roger e eu ficamos encantados: veremos autênticos comunistas soviéticos em carne e osso no nosso orfanato! Philippe também fica entusiasmado com a notícia. Durante o resto do dia, anda para baixo e para cima com um livro na mão, até do lado de fora; enquanto todo mundo brinca, ele permanece com o nariz enfiado no livro. Parece até que está se preparando para um exame de admissão no Soviete Supremo (eu não sei exatamente do que se trata, mas acho a expressão Soviete Supremo grandiosa, cheia de nobreza, embora possa parecer contraditório).

No dia seguinte, levanto-me antes do habitual. Saio do dormitório sem fazer barulho, pois quero ter certeza de que não perderei a chegada dos soviéticos. Encontro Philippe, sentado em um banco perto da entrada, muito concentrado em sua leitura. O orfanato está mergulhado no silêncio; parece evidente que os dignitários não vão chegar logo. Sento-me ao lado de Philippe, curioso para saber que livro o deixou tão hipnotizado.

— Que está querendo, Jules?

— Você está o tempo todo com seu livro, desde ontem. Quero apenas saber o que é.

— Duvido que o interesse.

— Claro que me interessa, pois se estou perguntando...

— Não, quero dizer... Bom, como quiser. Meu livro é o *Manifesto do Partido Comunista*. Quero estar bem preparado, mostrar que mesmo crianças como nós podem ter uma visão esclarecida da política.

— E é interessante? Pode me emprestar?

— "Mas a burguesia não se limitou a forjar as armas que a levarão à morte; também produziu os homens que manusearão essas armas, os operários modernos, os proletários. À medida que aumenta a burguesia, ou seja, o capital, também se desenvolve o proletariado, a classe dos operários modernos que só vivem se puderem encontrar trabalho e só o encontram se seu trabalho aumentar o capital. Esses operários, obrigados a se vender diariamente, são uma mercadoria, um artigo de comércio como outro qualquer..."

Eu não tenho coragem de demonstrar o quanto fiquei pasmo. Como apesar de tudo tenho uma boa base política — sei, por exemplo, que os burgueses estão de um lado e o proletariado de outro, e que nós, comunistas, acreditamos na força do proletariado —, não achava que pudesse me sentir tão idiota diante desse famoso manifesto... Gostaria de pedir que Philippe me explicasse um pouco para também estar preparado para encontrar os soviéticos, mas para isso teria de confessar minha incompreensão, e alguma coisa em mim me impede de fazê-lo.

— E então, meu caro Julot, gostou?
— Puxa, claro, mas não tem nada de muito novo...
— Talvez, mas eu acho que demonstra com muita clareza por que necessariamente haveremos de vencer e por que a burguesia está condenada a morrer.
— Realmente, bem demonstrado...

Enquanto conversamos, o orfanato vai acordando tranquilamente. Ouvimos primeiro o barulho da louça chegando do refeitório e, como em um crescendo, a voz das crianças, evidentemente empolgadas com a ideia do grande dia que estamos para viver. Philippe me deixou de lado e voltou para sua leitura.

No café da manhã, Albert, o secretário, sussurra algo no ouvido do diretor. Henri pega seu lenço, enxuga rapidamente os lábios (eu sempre fico impressionado ao ver a concentração com que ele executa esse ato inútil, considerando-se que não é do tipo que se suja ao comer), sussurra algo ou no ouvido de Arnold, levanta-se e sai do refeitório. Arnold engole o café em um só gole e também se levanta.

— Arnold, os camaradas soviéticos já chegaram?

— Sim, Jules, estou indo ao encontro deles. Como falo um pouco de russo, Henri faz questão que eu fique a seu lado durante a visita.

— E será que nós também poderemos falar com eles? — pergunta Philippe, com as bochechas rosadas e os olhos brilhando.

Eu desato a rir vendo Philippe assim tão animado.

— Do que é que está rindo, imbecil?

— Ei, vamos nos acalmar! Tenho de me apressar, mas prometo falar com Henri sobre seu pedido. Alguém mais gostaria de conversar com eles?

Cinco ou seis crianças levantam a mão, entre elas Roger e eu, naturalmente.

— Fico contente de saber que estão tão interessados. Não posso prometer nada, não sei quanto tempo eles pretendem ficar aqui, mas vou ver o que posso fazer.

Depois que Arnold se afasta, o grau de animação aumenta. Todo mundo fala ao mesmo tempo enquanto objetos voam de um lado a outro do refeitório.

— Ei, Robinet, você acha que na União Soviética existem torneiras?

— Aposto que você não saberia nem achar a União Soviética no mapa. Se você se encontrasse com os camaradas, nós morreríamos de vergonha!

— Viram só como as belas orelhas de Philippe estavam vermelhas? É para impressionar os comunistas!

Philippe não responde, apenas assume sua pose de "adulto decepcionado com o comportamento pueril das crianças" e leva seu prato para ser lavado. Eu decido acompanhá-lo; não estou com a menor vontade de bancar o maluco com os outros e passar uma imagem negativa do Futuro Social.

Ao sair do refeitório, Philippe se encaminha para o gabinete do diretor. Eu faço como se fosse natural segui-lo. A porta do gabinete está fechada, não nos chega nenhum ruído de vozes. Philippe e eu nos entreolhamos, hesitando.

— Será que saíram? — pergunto bem baixo para ser perdoado por meu acesso de riso.

Philippe não responde, mas se dirige para a porta que dá para o parque. Nós saímos. Henri e Arnold estão lá com quatro homens que não conhecemos, mostrando a eles o jardim de Grande Pierre (e, ao mesmo tempo, o meu pequeno canteiro). Os cavalheiros são... — como dizer? — ... muito decepcionantes. Talvez eu tenha sido ingênuo, mas imaginava que estariam usando uma camisa meio desabotoada, como qualquer revolucionário nos filmes russos. Mas não, estão de terno e gravata. E enquanto Arnold gesticula, mostrando-lhes coisas aqui e ali, limitam-se a balançar a cabeça de vez em quando, sem entusiasmo.

Durante toda a visita, Philippe e eu, e depois também Roger e seu irmão Pierre, que se juntaram a nós, ficamos rondando, para nos certificar de que seremos os primeiros a falar com eles, se houver oportunidade. Mas a oportunidade não surge, e na verdade é melhor assim, pois já não temos tanta vontade de conversar com esses senhores que mais parecem burocratas de pele cinzenta e olhar mortiço.

À noite, preparando-se para deitar, Roger me pergunta:
— E o que você achou dos soviéticos?
— Bom, eu os imaginava diferentes.
— Eu também... Talvez fossem os únicos disponíveis, talvez os outros, os autênticos, estivessem ocupados demais com coisas mais importantes para a revolução do que visitar um orfanato no

meio de uma aldeia perdida. Ou talvez fosse por não entenderem muito bem o russo de Arnold que estavam com aquele ar abatido.

— Talvez.

Roger se esforça desesperadamente para que esses senhores engravatados não estraguem a bela imagem que ele tem dos nossos irmãos soviéticos. De minha parte, por enquanto, estou muito decepcionado para qualquer tentativa de salvação pelo imaginário. É possível que eles nos tenham enviado os mais sem graça porque os outros, os verdadeiros, não tinham tempo. Mas quem nos garante que não são todos assim? Eu rapidamente adormeço sem a menor vontade de voltar a pensar nesse dia.

CAPÍTULO 15
Guerra e paz

Os adultos falam cada vez mais da guerra. Segundo alguns, ela seria inevitável. Eu tentei questionar Arnold sobre essa história, mas, contrariando o habitual, ele fica nas respostas vagas. Entendi que somos contra a Alemanha e a Itália, os dois países que apoiam Franco na Espanha. Mas quem vai atacar quem? E por quê? Essas perguntas ficam no ar. Arnold assume a postura de "isso não é coisa de criança" toda vez que eu tento aprofundar o assunto, o que me espanta, pois francamente não é o seu gênero. Mas eu não desisto e resolvo recorrer a Geneviève, que desconfio saber pelo menos tanto quanto Arnold sobre a questão, muito embora raramente fale de política conosco. Um dia, devolvendo-lhe um livro que me emprestou, pergunto se posso sentar em seu quarto — o que não acontecia desde aquela vez em que ela conseguiu me domar com seus bombons — para falar sobre um assunto importante.

— Mas é claro, meu pequeno Julot.

— Bom. Você precisa me explicar essa história de guerra iminente com os alemães e os italianos, digo, contra eles.

Tento demonstrar que já sei bastante a respeito e que não há necessidade de tomar precauções comigo.

— É só isso que você quer?

— Sim, só isso.

— Sabe, essas histórias nunca são simples. Para começar, você precisa saber o que é um ditador.

— Isso eu sei, é como Hitler e Mussolini, são pessoas que fazem o que querem, que se acham reis e não se preocupam com a vontade do povo.

— De certa maneira, sim. Veja bem, vou me esforçar, mas é complicado.

— Não tem problema, eu não tenho pressa.

— Muito bem, então. Na verdade, se está todo mundo acreditando na iminência de uma guerra, é porque Hitler está o tempo todo ameaçando vários países. Cada vez é por um novo motivo, pois ele alega, por exemplo, que tal território deveria pertencer à Alemanha e que, se não o obtiver, ele vai entrar em guerra. Ele já anexou a Áustria à Alemanha e agora quer fazer a mesma coisa com a Tchecoslováquia ou uma parte do país. Está entendendo?

— E ele também quer anexar a França?

— Ainda não disse isso por enquanto, mas existem partes da França que já pertenceram à Alemanha, de modo que, naturalmente... De qualquer forma, não se pode permitir que ele faça o que bem quiser na Europa sem intervir.

Fico contente pelo fato de Geneviève se dispor a me explicar tudo isso, mas não me dou por satisfeito. Tudo bem, não se pode permitir que Hitler faça o que bem quiser, mas será que isso é um motivo suficiente para entrar em guerra com todas as crianças que podem morrer? Eu mesmo vi, nas Atualidades Cinematográficas, imagens de bombardeios na Espanha, em uma pequena aldeia. Eram crianças mortas por todos os lados.

No recomeço das aulas, essa história de guerra continua a me preocupar. Até Liliane, nossa professora, que não é particularmente interessada em política, julgou que seria adequado falar-nos a respeito. Tivemos direito a um verdadeiro curso sobre a guerra de 1914-1918. Mas não posso dizer que o efeito tenha sido bom. Fico fazendo cálculos complicados: tenho quase 9 anos, e como as guerras mundiais em geral duram quatro anos terei cerca de 13 quando a próxima terminar. Preciso, portanto, sobreviver até a idade de 13 anos, e depois as coisas correrão bem. Esse se torna o meu principal objetivo de vida.

Durante toda a semana, ao voltar da escola, a guerra é nosso único tema de conversa. Por causa das imagens da Espanha nas Atualidades, sabemos que as crianças são as primeiras a serem atacadas em caso de conflito. Pois imagine então um orfanato! É evidente que precisamos de um plano para salvar nossa pele; teremos de reagir muito depressa se estourar a guerra; afinal, o orfanato pode ser bombardeado já nos primeiros dias.

Seria o caso de nos escondermos no porão? Ou fugir? A decisão é fácil: a maioria das crianças é favorável à fuga. Mas será que devemos fugir todos juntos? Ou em pequenos grupos? Ou cada um por si? E para onde ir? Para a floresta? Esconder-se no campo, debaixo de montes de feno? Buscar abrigo entre fazendeiros?

Roger, seu irmão e eu traçamos então um plano de fuga. Como eu, eles dois também não são realmente órfãos: seu pai vive perto de Paris. Por ele ser alcoólatra, nós achamos que os alemães não teriam motivo para temê-lo ou atacá-lo e, portanto, poderíamos nos esconder em sua casa. Há algum tempo eles não têm notícias suas, e então incumbimos Pierre de descobrir onde ele mora — primeira etapa da preparação do nosso plano de fuga. Depois, será necessário informar-se sobre os diferentes caminhos para chegar lá, pois talvez haja estradas fechadas ou impraticáveis em virtude dos bombardeios. Já pusemos algumas roupas e alguns alimentos não perecíveis na mochila de Pierre. De nós três, ele é o único que tem uma mochila. Eu sou então encarregado de conseguir mais duas.

É nesse clima de tensão que um dia, no fim de setembro, um grupinho de crianças do orfanato onde eu vivo vai de ônibus a Paris para ver *Branca de Neve e os sete anões*.

Ao chegar em Paris, o ônibus é obrigado a fazer um desvio porque as ruas por onde costuma passar estão fechadas, por causa de uma grande manifestação. Parece até que todos os parisienses vieram às ruas. Geneviève e Simone, uma inspetora recém-chegada ao FS, são nossas acompanhantes na excursão. Parecem surpresas de ver tanta gente do lado de fora. Como o ônibus está parado há algum tempo, Geneviève pergunta ao motorista se pode descer para se informar sobre o que está acontecendo. Passados alguns minutos, ela retorna.

— Crianças, acho que não vamos conseguir chegar a tempo no cinema. Sugiro que desçamos do ônibus para tentar pegar o que vai nos levar de volta ao orfanato.

— Mas que manifestação é essa?

— É por causa de um acordo de paz assinado com a Alemanha.

Nós recebemos a boa notícia com uma explosão de alegria. Agora podemos esquecer nossos planos de fuga, não é mais preciso deixar o FS, podemos esquecer o pai de Binet! Somos então tomados pelo clima de alegria que reina nas ruas de Paris e juntamos nossas vozes às dos outros manifestantes saindo do ônibus. Eu observo que Geneviève não parece tão entusiasmada, mas estou feliz demais para pensar nisso e me informar sobre os motivos de sua aparente indiferença.

Nos dias que se seguem ao acordo de paz, o clima no orfanato é de euforia e tranquilidade. Podemos agora reconhecer como estávamos com medo dessa guerra que parecia inevitável, como nos sentíamos vulneráveis, nós, crianças órfãs ou abandonadas, como estamos felizes agora por poder continuar nossa vida no Futuro Social, ao lado daqueles que constituem nossa verdadeira família.

Porém uma coisa me intriga. Os adultos aparentemente não compartilham da nossa alegria. Para tentar esclarecer as coisas, vou conversar com Arnold.

— Você tem razão, meu Julot. Esse acordo de paz não nos alegra exatamente, pelo menos não a mim, pois não acredito que tenha sido a melhor decisão. Esse acordo só foi assinado porque mais uma vez se decidiu atender às reivindicações de Hitler, permitindo que anexasse certos territórios em troca de uma promessa de paz. Mas aonde chegaremos com tudo isso? Vão permitir que ele abocanhe pedaços da Europa aos poucos para evitar uma guerra que, na minha opinião, ocorrerá de qualquer maneira se Hitler continuar no poder na Alemanha. Como é possível acreditar nas promessas desse louco?

Não sei o que dizer. Estou tão decepcionado com o que acabo de ouvir que lamento ter feito a pergunta. Toda a minha alegria, todo o meu alívio desapareceram.

— Não faça esta cara, Julot. Talvez eu esteja enganado. Sabe como é, a maioria das pessoas não pensa como eu.

— Talvez, mas você entende mais de política que a maioria das pessoas.

Não tenho vontade de prolongar a conversa. Digo a Arnold que preciso terminar meus deveres e me refugio bem no alto de uma das árvores do fundo do pátio. Preciso refletir sobre tudo isso. Não sei se devo dar a má notícia aos irmãos Binet ou se é melhor poupá-los. Pierre estava tão contente de não precisar voltar para a casa do pai.

CAPÍTULO 16
O sacrifício

Primavera de 1939. As coisas não melhoraram. Há noites em que eu não durmo de tanto pensar na guerra. Ninguém mais tem dúvidas de que ela se aproxima. E eu não tenho mais com quem conversar sobre o que está acontecendo, pois Geneviève e Arnold se foram do Futuro Social. Um dia, eles simplesmente vieram se despedir. Eu fiquei tão atordoado, tão decepcionado que nem consegui perguntar o motivo. Os dois estavam muito tristes.

O desânimo toma conta do orfanato. Comemos bem menos que antes. Fala-se da necessidade de economizar, dos sacrifícios... Felizmente há alguns legumes na horta de Grande Pierre, mas as porções se fazem cada vez mais raras e cada vez menores. Nós, as crianças, reclamamos na hora das refeições, mas esquecemos o assunto ao deixar a mesa. Os adultos parecem mais preocupados. Robert, o cozinheiro, um sujeito habitualmente reservado e tímido, agora vive irritado, gritando, discutindo com Henri.

Já não falo com frequência dos nossos planos de fuga com os irmãos Binet. Na verdade, estamos meio que brigados, pois nem sequer tentaram localizar o pai. Agora, quando menciono a situação na Europa, é com Philippe, que naturalmente sabe menos a respeito que Arnold, mas que chega com notícias obtidas não sei onde, ou então com a bela Rolande, que apesar de preocupada nunca deixa de demonstrar seu otimismo.

Certa noite de agosto, Rolande e eu estamos conversando quando vejo Grande Pierre passar com uma pá na mão e sua carabina debaixo do braço. Espantados, nós decidimos segui-lo discretamente. Outras crianças vêm atrás de nós. Grande Pierre realmente parece estranho; não se vira uma única vez. No fundo do pátio, detém-se diante dos dois cães do orfanato, presos a uma estaca. Antes que possamos entender o que está acontecendo, Grande Pierre atira no maior dos dois, Malandro, com sua carabina. O cão desaba. Foi atingido, mas não morreu. Uiva e se debate, tentando levantar-se. Grande Pierre atira outra vez. É obrigado a repetir a operação várias vezes, e depois começa tudo de novo com o segundo, Cinzento, que não tem a menor intenção de se deixar apanhar e terminar sua breve vida de maneira tão estúpida. Por mais que Grande Pierre atire, de nada adianta — o cão parece invencível. Finalmente ele resolve acabar com o animal a pontapés e golpes de pá. Durante todo esse tempo, eu grito, os outros também, mas nenhum de nós tem coragem de se aproximar do jardineiro em cuja expressão se vê um olhar assustador. Não é um olhar de raiva nem de cólera, mas um misto de nojo e resignação.

Uma vez abatidos os dois animais, Grande Pierre começa a cavar muito rapidamente o túmulo de Malandro e Cinzento sem se deter uma única vez. Nós ficamos ali, observando. Calados. É evidente que ele teria preferido não ter de fazer isso. Ele joga os dois animais no buraco, enterra-os e pela primeira vez levanta os olhos para nós.

— Vocês não têm ideia da quantidade de alimento necessária para esses dois animais. E as coisas não ficarão mais fáceis quando a guerra começar.

E ele se vai.

Na manhã seguinte, antes do café da manhã, ouço gritos estridentes vindo do parque e saio correndo para fora. Encontro um grupinho de crianças no lugar onde Grande Pierre enterrou os cães na véspera. Parecem ao mesmo tempo amedrontadas e excitadas. Eu me aproximo... Duas grandes patas de cão brotam da terra! São as patas de Cinzento. Eu vejo Rolande de costas, com o rosto enterrado nas mãos. Outras crianças choram ou gritam. Mas eu estou furioso. Essas patas rígidas saindo da terra despertaram toda a raiva adormecida em mim desde a véspera. Tenho certeza de que foi Henri quem deu a ordem de abater os cães. Supostamente para o nosso bem, para termos mais do que comer, mas todo mundo sabe que ele nunca gostou dos cães, que vivia espinafrando-os. E, como sempre, não consultou ninguém.

Meu olhar cruza com o de Philippe. Nós já sabemos: temos de agir, não podemos deixar semelhante ato impune. Philippe já conversou com alguns dos mais velhos, igualmente revoltados com a decisão de Henri, e resolveram fazer uma greve de fome. A ideia me agrada, embora eu saiba que em se tratando de comida não sou dotado de muita força de vontade.

— O importante é que haja um engajamento geral. Não falta muito para o café da manhã. Vou falar com os que estão lá fora, e você fica na entrada do refeitório avisando os outros quando chegarem.

— Boa ideia. Sempre haverá dois ou três que não vão aderir, e já sabemos até quem são, mas não é grave. Umas trinta crianças fazendo greve de fome é para deixá-los em pânico.

No fim das contas, no café da manhã, todas as crianças se recusam a comer. O coruja não está presente; não sei se ele comeu na cama ou algo assim, mas, entre as crianças presentes, ninguém ousa desafiar a ordem de mobilização. Nem precisamos recorrer à intimidação. A importância da causa é suficiente para convencer todo mundo.

Quando Henri chega exigindo explicações, é uma confusão, cada um apresenta sua versão, alguns pedindo que sejam comprados outros cães, outros reivindicando a demissão de Grande Pierre. A certa altura, Philippe se levanta e espera que a calma retorne. Aquele seu ar seguro e determinado rapidamente impõe silêncio.

— As crianças do Futuro Social decidiram por unanimidade fazer greve de fome até que obtenham alguma reparação pelos crimes cometidos ontem, ou seja, o assassinato hediondo dos dois cães, Cinzento e Malandro. A greve iniciada esta manhã, 16 de agosto de 1939, é por tempo indeterminado.

Henri tem o rosto avermelhado e os lábios cerrados.

— E acaso poderiam me explicar o que significa essa reparação? Querem que compremos outros cães?

— Nós queremos ser levados a sério. A decisão de fazer greve de fome não foi tomada de maneira leviana. Sabemos perfeitamente as possíveis consequências de algo assim. Exigimos falar com membros da CGT em Paris.

Henri está espumando. Revira os olhos e se afasta sem dizer nada mais. Como nada temos a fazer aqui e o cheiro da comida nos provoca, saímos todos para o pátio. O clima é de grande seriedade. Formam-se pequenos grupos, as crianças conversam, algumas questionam a autoridade de Philippe e seu direito de falar em nome dos demais; outras, pelo contrário, se orgulham da altivez com que ele enfrentou Henri.

Na hora do almoço, alguns ficam diante da porta do refeitório para tentar convencer eventuais "fura-greves". Mas nenhuma criança ousa aventurar-se nesse antro cheio de cheiros irresistíveis.

Apesar da fome revirando minha barriga, a greve me parece fácil. Vejo-me como um cavaleiro partindo em conquista de territórios inimigos, sem jamais permitir que a fome o impeça de cumprir sua missão. E também volto a ver mentalmente minha tia Karolka na prisão e seu ar decidido. Fico abalado com o repentino surgimento daquela imagem. Tento impedir que outras surjam, mas parece que não consigo controlar mais nada. Fruzia está ali, sorrindo para mim, Hugo também acha graça porque eu mordi o policial. Sinto vontade de lhes contar sobre nossa greve de fome, gostaria que me vissem neste momento, que se orgulhassem de mim. E então me lembro de Emil, que sempre considerei um revolucionário. Se ele realmente for meu pai, então eu tenho sangue de revolucionário nas veias. Não posso ceder. Espero apenas que o pessoal da CGT chegue logo, pois sei que nosso futuro imediato depende deles.

A hora do jantar já passou. Mais uma vez, todo mundo permaneceu firme. Começamos a nos preparar para a ideia de dormir de barriga vazia. De repente, Louis chega correndo ao pátio onde montamos nosso quartel-general.

— Eu vi automóveis, pessoas chegando, Henri os recebeu, acho que são eles!

Louis mal acabou de urrar sua notícia, e vemos caminhando na nossa direção um homem e uma mulher que não conhecemos.

Henri não está com eles. A mulher, de cabelos ruivos muito curtos, avança até nós.

— Bom dia, estamos aqui como representantes da CGT, responsável pela direção do Futuro Social. Viemos o mais depressa possível ao tomar conhecimento do que estava acontecendo. Queremos conversar com vocês. Suponho que têm bons motivos para fazer essa greve. Já ouvi a versão do diretor da casa e agora gostaria de ouvir a de vocês.

— Eu posso explicar a situação. Ontem à noite...

— Poderia primeiro dizer-nos quem é você?

— Eu me chamo Jules, tenho 9 anos.

— Estamos ouvindo, Jules.

— Nós tínhamos dois cães, Cinzento e Malandro. Gostávamos muito deles. Ontem à noite, Grande Pierre os abateu com tiros de fuzil diante dos nossos olhos e os enterrou. Hoje de manhã, as patas de Cinzento saíam da terra, e várias crianças começaram a chorar. Foi Henri quem deu ordem de abater os cães. Não nos disse nada antes. Não nos consultou. Aliás, ele nunca nos consulta, dirige este estabelecimento como um ditador, não tem a menor consideração pelas crianças. Nós exigimos sua demissão. Todas as crianças aqui presentes farão greve de fome enquanto esse fascista estiver à frente do Futuro Social.

— Isso é tudo?

— Eu me chamo Philippe e tenho 13 anos. Quero acrescentar que temos consciência de que decisões difíceis precisavam ser tomadas, considerando-se a época em que vivemos, mas gostaríamos de ter participado dessa reflexão. A carnificina certamente poderia ter sido evitada se nossas opiniões tivessem sido levadas em conta nesse caso e se pudéssemos propor soluções mais criativas.

— Muito obrigada pelos esclarecimentos. Agora voltaremos a Paris para transmitir suas reivindicações a nossos superiores.

Muito tempo depois da despedida dos membros da CGT, meu coração continua batendo forte. Estou muito orgulhoso de mim mesmo, por ter tido coragem de falar assim diante de desconhecidos. Não tenho mais a menor dúvida sobre minha capacidade de me tornar um autêntico revolucionário. Rolande se aproxima de mim, sorridente. Tenho a impressão de ver admiração no seu olhar, o que não contribui propriamente para acalmar os batimentos do meu coração.

Na manhã seguinte, somos informados de que Henri entregou seu cargo. A notícia é recebida com um grande grito de vitória e uma corrida para o refeitório. Tomamos o café da manhã em um clima de bagunça e alegria. Jogamos pedaços de pão de uma mesa a outra e cantamos hinos revolucionários. Ninguém fica muito tempo sentado no mesmo lugar... E, naturalmente, todo mundo devora a refeição perfeitamente banal que nos é servida.

CAPÍTULO 17
A partida

Estamos em guerra. Os alemães atacaram a Polônia. França e a Inglaterra declararam guerra à Alemanha. E Arnold e Geneviève não estão aqui para me explicar o que está acontecendo. Sinto-me sozinho e já não entendo mais nada. Parece que nossa amiga, a União Soviética, assinou um pacto de não agressão com Hitler. Que a Alemanha e a URSS querem fazer uma partilha de vários países. Nós debatemos muito a situação, mas ninguém, nem mesmo Philippe ou qualquer um dos adultos, consegue encontrar sequer a pontinha de um início de explicação possível. Talvez seja uma estratégia. O que está bem claro é que não sabemos mais o que pensar, o que desejar, além do rápido fim dessa guerra.

Mas um dia tudo desmorona. Albert, o secretário do FS, vem me comunicar que Lena chegou para uma visita. Eu estou jogando bola, e a chegada daquela que agora sou obrigado a considerar minha mãe nunca me encanta. Há muito tempo perdi qualquer esperança de receber dela presentes interessantes. Pelo menos ela não vem com muita frequência; portanto, eu concordo em recebê-la. Ela está me esperando no dormitório.

Quando eu chego, ela está dobrando minhas roupas e as arrumando em uma mala.

— O que você está fazendo?

— Bom dia, meu pequeno Julek, tudo bem?

Ela agora fala francês, com um sotaque difícil de definir, mas continua me chamando pelo meu nome polonês, o que me irrita.

— Eu fiz uma pergunta!

— Sim, querido, eu sei. Ouça, você terá de vir morar comigo em Paris. O Futuro Social será fechado. As outras crianças também terão de partir para a casa dos pais ou alguma colônia. Mas você virá comigo.

— E por que eu não posso ir para uma colônia?

— Eu explicarei mais tarde, temos de nos apressar. O ônibus vai chegar daqui a cinquenta minutos.

— Por acaso ficou louca?

O olhar de Lena me deixa claro que não há brecha para discussão. E assim, em menos de uma hora, tenho que deixar a vida que levava há quase quatro anos. Todas as crianças vêm despedir-se de mim. Rolande se atira no meu pescoço, soluçando. Roger e Pierre chegam correndo no exato momento em que vamos atravessar o portão do parque do Futuro Social. Roger não consegue falar. Até Philippe parece comovido ao me ver partir. E eu nem sei o que pensar. Não choro. Mas estou muito triste. Estamos em guerra e eu entendo que minhas inquietações não possam ser levadas em conta.

SEGUNDA PARTE

CAPÍTULO 18
A guerra em Paris

É uma nova época: viver em tempos de guerra, em Paris. Depois de me buscar no Futuro Social, Lena me levou para sua casa, no número 9 da Rue Aubriot, no quarto *arrondissement*. É um apartamento minúsculo, muito escuro, com sanitários à turca (latrinas!) a céu aberto. Fica no quarto andar de um prédio situado no pátio interno de outro prédio que dá para uma rua bem pequena que eu consigo atravessar em dois passos largos.

Com Lena, é simples: nós só falamos quando temos algo muito específico a dizer. Ela me deixa fazer quase tudo que eu quero, mas quando ela proíbe alguma coisa sou obrigado a obedecer sem fazer perguntas. Embora ela esteja muito envolvida na política e, na minha opinião, em atividades clandestinas, nós nunca falamos sobre isso. Às vezes ela encontra pessoas na rua, como por acaso, e eu tenho que me afastar para que possam conversar. Nunca demora muito.

Eu frequento a escola na Rue Moussy, a cinco minutos de casa. Vou sempre com minha máscara de gás presa na cintura, como as outras crianças. Fomos bem avisados: não se trata de um brinquedo nem de um disfarce... Diariamente eu me pergunto se é finalmente hoje que ela será usada. Quando penso no assunto, sinto um frio na barriga e tenho dificuldade de respirar. Não sei se é excitação ou medo. Ou os dois.

Eu não gosto da escola aqui. É séria demais. O Sr. Francheteau, nosso professor, é muito severo. Ele nos olha de cima a baixo, como se fôssemos seres inferiores precisando de adestramento, decorando um monte de coisas idiotas. Está sempre exasperado com o tamanho da nossa ignorância. Na minha opinião, ele nos subestima. Às vezes fico pensando que eu devia me esforçar mais. Mas logo essa vontade passa. Minhas notas não são nem boas nem ruins. De qualquer maneira, as pessoas estão preocupadas com coisas mais importantes que meu boletim escolar.

As crianças do Futuro Social foram para uma colônia em Royan ou as que tinham, para a casa dos pais. Rolande me deu o endereço de sua colônia para que pudéssemos nos corresponder. Eu lhe conto sobre minha nova vida: as máscaras de gás; o Sr. Francheteau, que eu desenhei na minha carta, com um enorme nariz e grandes orelhas; os outros alunos da turma, mas não há nada de muito interessante a dizer. Eu lhe peço notícias. E faço uma confissão, uma espécie de declaração, sobre a qual não vou me estender aqui. E fico esperando a resposta. Todo dia eu perguntava a Lena se alguma carta havia chegado para mim. Todo dia ela me respondia que não com ar cada vez mais exasperado. Uma noite, pouco antes da hora de dormir, o olhar de Lena se ilumina:

— Ah, sim, sua carta. Ela chegou. Onde é que está mesmo?

Eu me concentro ao máximo para não parecer ansioso. Acho que de nada adianta, pois sinto as orelhas esquentando e não consigo impedir que meus olhos pisquem. Minha mãe está preocupada demais em procurar a carta para se dar conta de alguma coisa. Quando afinal a encontra, eu tenho de me esforçar muito para não arrancá-la de suas mãos. E saio; não há a menor chance de lê-la na presença de Lena.

Uma vez do lado de fora, eu me agacho contra os muros da Igreja de Blancs-Manteaux e trato de abrir o envelope. Tento ficar calmo enquanto ele resiste às minhas investidas. Finalmente consigo tirar a carta da embalagem. Meu coração bate até não poder mais. Rolande conta como é a colônia, enumera as crianças do FS que lá se encontram. Nenhum dos inspetores foi para Royan. Ela descreve a beleza da natureza à beira-mar, acrescentando que apesar de tudo se entedia. Nesse ponto, eu paro de ler, desconcentrado pelos batimentos surdos do meu coração. Levanto-me e caminho um pouco, respirando lentamente, como Geneviève sugerira que eu fizesse quando me sentisse agitado demais. E volto à leitura. Depois, são apenas banalidades. Rolande manda cumprimentos e escreve que espera voltar a me ver um dia. Nem uma palavra sobre minha declaração! Nem a menor alusão! Nada de resposta! E, no entanto, ela bem que chorou nos meus braços quando eu deixei o orfanato, não foi um sonho. Decididamente, eu não entendo mesmo as meninas.

Geneviève e Arnold nos visitam com frequência na Rue Aubriot. Lena se tornou amiga deles ou, pelo menos, companheira de luta. Eles não escondem mais que estão juntos. De tal maneira que Geneviève traz um bebê no ventre. Enfim, ela teve um, que perdeu. Naturalmente, eu não sabia nada dessas coisas, mas Geneviève me explicou tudo: Arnold e ela se uniram muito forte um ao outro, completamente nus, e depois um minúsculo bebê começou a crescer na barriga de Geneviève, por causa da semente que Arnold plantou. No início, era como um piolho. Depois, transformou-se em um morango. Ele continuou crescendo, mas um dia saiu sangue da barriga de Geneviève, e o bebê veio junto. Como era muito pequeno para viver fora da barriga, ele morreu ou, melhor, ela, pois se chamava Mireille. Eu ouvi os adultos conversando sobre essa história e parece que todos acreditam que, considerando-se a guerra, foi melhor assim. Mas eu vejo muito bem que os olhos de Geneviève ficam tristes quando ela diz isso. Eu lhe perguntei por quê, e ela explicou que tinha se conformado, mas que o coração, do qual os olhos são o espelho, não se conforma assim tão facilmente.

Arnold sabe como as coisas funcionam, de onde vêm o gás, a eletricidade, como funcionam o rádio e todo tipo de objetos fascinantes. Já Geneviève sabe o que está certo e errado, como se deve agir, as perguntas que devem ser feitas. É bom, porque a gente aprende coisas essenciais com ela, sem se sentir bobo por não tê-las sabido antes. E eu acho que ela me considera uma pessoa de bem. De tal maneira que um dia ela olha bem nos meus olhos e pergunta se eu quero cumprir uma missão para "nós", sem especificar do que se trata. Quando Geneviève me pede algo, eu digo sim para tudo. Mas finjo que estou refletindo.

— Depende. Que tipo de missão?
— Você terá que entregar um papel a uma pessoa.
— Parece perigoso.
— Um pouco, mas ninguém vai desconfiar de uma criança da sua idade. Mas quero que você só aceite se se sentir à vontade; caso contrário, podemos encontrar outra pessoa.

Ah, claro, prefiro que eles encontrem outra pessoa!
— E é para quando?
— O quanto antes.

E é assim que eu me vejo diante da minha primeira (e última) missão em tempo de guerra. Entregam-me um envelope dentro de um saco. Eu decoro o endereço aonde deverá ser entregue. E lá vou eu em uma aventura pelas ruas de Paris.

O ar está fresco. Eu não estou nervoso, um pouco agitado, mas sobretudo muito concentrado. Meus sentidos estão despertos, e eu observo as casas, as pessoas, fico atento aos ruídos... Avanço a passos rápidos, no ritmo de uma música que toca na minha cabeça, uma espécie de marcha militar. Tenho a impressão de que os pedestres se voltam quando eu passo, impressionados com o que veem. Um garoto parisiense em plena missão por uma grande causa. Eu sei que é melhor não ser visto, passar despercebido, ser apenas mais um. Mas não posso impedir meu olhar de ser penetrante, nem meu passo de ser decidido.

Considerando-se o caráter especial da minha tarefa, vocês haverão de compreender que é impossível para mim escrever aqui o endereço onde sou esperado, nem o itinerário do percurso. E então eu chego. Bato à porta. Barulho de passos se aproximando.

— Quem é?

— É o Marco, vim ver se o Paul está aí — respondo eu, obedecendo às instruções de Geneviève.

Abrem a porta. Eu entro em um pequeno compartimento completamente sujo, com muitas coisas largadas, montanhas de caixas empilhadas por todo lado, formando corredores por onde mal dá para passar. Vejo dois cavalheiros — o que abriu a porta e que me responde, como combinado, que Paul foi brincar na pracinha, e outro, com um chapéu e que, ao contrário do primeiro, está muito bem vestido. Eu hesito. Geneviève, que me preparou muito bem, não me falou da presença de um segundo homem. Enquanto continuo a pedir notícias de "Paul", vou pensando. E acabo dizendo que vou encontrá-lo na praça; até logo, obrigado, e vou indo, de volta à Rue Aubriot.

Dessa vez, caminho ainda mais rapidamente, preocupado e com pressa de contar tudo a Geneviève. Quando me vejo diante dela, entrego-lhe o envelope. Ela me olha, espantada.

— Você não entregou o envelope?

— Não, achei melhor não.

— Por quê?

— É que o homem que devia recebê-lo não estava sozinho, havia um outro de que você não falou. Achei então que podia ser alguém que o estivesse enganando e fui embora.

— E esse outro homem, como era?

— Era muito alto, tinha pele escura, uma barba cinzenta. Parecia muito arrumado.

Silêncio. Eu temo ter decepcionado Geneviève. Finalmente, ela dá uma gargalhada e me abraça, dizendo:

— Você é um grande militante, meu Julot. Fez muito bem. Mas esse senhor estava lá justamente para receber o envelope. E agora você vai de novo correndo para lá, rápido!

Eu jamais imaginaria que era capaz de correr tão rápido e por tanto tempo. Missão cumprida.

Geneviève não me confia outras, mas me garante que é apenas porque estaria fora de questão usar uma criança regularmente e não por eu ter quase fracassado na primeira. Disse inclusive que eu agi de maneira muito inteligente, que provei ter grande presença de espírito. Não sei não...

Mais tarde, anos depois da guerra, Geneviève me contaria que o "homem de barba cinzenta" era o chefe da resistência e esperava que o outro imprimisse exemplares do panfleto que eu estava levando. Foi uma das histórias de guerra que passou à posteridade na família. E que Geneviève nunca se cansaria de contar.

CAPÍTULO 19
Na casa de Roman e Genia

Lena não tem mais como manter-me em sua casa. Como sempre, não explica nada, mas eu concluo que, em virtude de suas atividades, prefere afastar-me por algum tempo. Ela me leva para a casa de Roman e Genia — os primeiros de uma longa lista de pessoas que me hospedariam durante a guerra —, um casal de judeus poloneses comunistas. O que significa que já temos vários pontos em comum.

Roman e Genia são simpáticos. Moram em frente ao Parque Montsouris, aonde me deixam ir sozinho sempre que eu quero. Eu adoro passear por ali, pois me lembra do orfanato, com um vasto terreno cheio de árvores imensas e pássaros. Eles moram em uma grande mansão. Do meu quarto, eu não ouço Roman tossindo à noite. Ele tem tuberculose. Precisa tomar cuidado, tossindo e cuspindo sempre num lenço para que sua saliva não voe para todo lado. E nós temos de ficar afastados quando ele fala. Como o salão é grande, Roman se deita no sofá, e eu me sento do outro lado, em um banco, para ouvi-lo.

Esse breve período da minha vida é marcado pelos alertas antiaéreos. Começa sempre com o uivo das sirenes, em ondas ritmadas de longos sons ascendentes. Em seguida, silêncio... O alerta está vigorando. Finalmente, ouve-se uma longa nota anunciando o fim do alerta. Embora aconteça com regularidade, sempre fico com medo. Enquanto isso, Roman conversa comigo sobre todo tipo de coisas que não têm nada a ver com a guerra. Percebo que é um truque para me acalmar, mas funciona. Ele é tão interessante que, de tanto me concentrar para não perder nada, eu esqueço as sirenes.

Um dos temas favoritos são as relações entre os homens e as mulheres. Ele diz que é importante respeitar sempre as mulheres, o que me parece sensato, mas vou esperar para saber exatamente o que isso significa antes de ter uma opinião definitiva.

Roman também é apaixonado por invenções. Fala-me de todo tipo de coisas que ainda não existem, como uma bomba muito poderosa, mais poderosa que tudo que já se viu, e que ele chama de bomba atômica. O que a faz explodir é a fissão nuclear, princípio que Roman me explicou, mas que é um pouco complexo. Outra invenção, essa esperada por ele com impaciência, é uma caixa onde será possível ver imagens em movimento em casa. Filmes ou pessoas falando, mais ou menos como no rádio, mas com imagens.

Dono de uma imensa biblioteca, Roman me empresta livro após livro, e, quando termino a leitura, pede que eu lhe transmita minhas impressões. No meu aniversário de 10 anos, deu-me *Vinte mil léguas submarinas*, de Júlio Verne, que se tornou meu livro favorito. É um livrão enorme. Sou capaz de passar horas a fio com o nariz enfiado nele, pois não vou mais à escola — era complicado demais matricular-me em uma terceira escola no mesmo ano escolar. Roman leu todos os livros de Júlio Verne em polonês, quando era jovem. Pretendo fazer como ele, só que em francês. Roman realmente fala muito, e então é uma sorte que eu fique interessado.

O ano de 1940 começa com um frio polar. Não sei se é isso ou o medo dos alemães que convence Roman e Genia a irem para o Sul, mas o que sei é que eu terei de voltar para a casa de Lena. O quarto da Rue Aubriot é congelante.

Eu volto para a escola da Rue Moussy, na turma do Sr. Francheteau, que continua não gostando muito de mim. Eu então me calo e fico olhando pela janela. Com os outros alunos, a coisa até que vai, muito embora alguns me chamem de Polaco, rindo de mim. Eu não respondo. Aos 10 anos, já sei que não devo voar em cima das crianças que me chateiam e espancá-las como um animal. No recreio, misturo-me na massa dos que brincam de esconde-esconde, e o tempo passa depressa. Quando voltamos para a sala de aula, ele começa a se arrastar de novo.

Em casa, muitas vezes ouço Geneviève e Lena falando sobre os alemães, que já não estão muito longe de Paris. Uma vez, elas discutem o que será preciso fazer comigo. Como eu não deixei de me corresponder com Rolande, tenho um plano. Ela continua na colônia de férias, em Royan, com outras crianças do Futuro Social. Não respondeu à minha declaração, mas me escreve com frequência, e toda vez repete que a colônia me agradaria muito.

Dou início então aos meus preparativos. Rolande me escreveu o nome e o endereço da organização parisiense que dirige a colônia. Lá, sou informado de que preciso de uma autorização escrita da minha mãe para visitá-la. A primeira vez em que falo a respeito com Lena, ela se mostra reticente.

E um dia, em 13 de junho, para surpresa geral, Paris é declarada "cidade aberta". Em outras palavras, será abandonada, entregue sem combate! É uma notícia terrível, e eu fico aterrorizado, mas no meu caso essa tragédia tem um aspecto bom. A situação de Lena pode ficar mais difícil. Eu então lhe apresento meu plano:

se eu me juntar às outras crianças na colônia, ela não terá de se preocupar comigo. Percebendo que ela está considerando minha oferta, dou a tacada final:

— De qualquer maneira, todas as crianças serão evacuadas de Paris! Há muitas crianças do meu orfanato lá, eu me sentirei em casa, em segurança, e você poderá continuar com suas atividades sem se preocupar comigo.

Ela acaba se rendendo.

Dias depois, eu saio acompanhado de Lena e Geneviève em direção à estação de Austerlitz. Em Paris, é o caos. Todo mundo quer fugir, há pessoas puxando carroças, outros correm em todas as direções, aviões — alemães, franceses, difícil de saber — sobrevoam a cidade. Geneviève e Lena me seguram cada uma por um braço e me puxam pelas ruas, correndo. Quando chegamos à estação, as portas do trem já estão fechadas e é quase impossível avançar na plataforma, de tão cheia. Lena e Geneviève aparentemente não sabem para onde ir. Por fim, Geneviève grita:

— É o vagão para a colônia!

Nesse momento, ouve-se o apito do trem. Eu sou levantado do chão e empurrado pela janela para dentro de um vagão. Mal tenho tempo de acenar com a mão para Lena e Geneviève, e elas já estão pequenininhas.

CAPÍTULO 20
A colônia de férias

Somos uma dezena de crianças no vagão. E duas mulheres: a Lisette e a Suzanne. Algumas crianças estão tristes, e outras, assustadas ou parecendo perdidas. Mas eu estou encantado. Adoro viagens de trem e estou louco para reencontrar Rolande e os meus amigos. É como se eu voltasse a viver depois de um longo inverno parisiense. Sento no lugar indicado por Suzanne e tiro da mochila um belo livro da Biblioteca Verde, *Os filhos do capitão Grant*, de Júlio Verne.

O trem para com muita frequência, às vezes por alguns minutos, outras vezes permanece imóvel durante horas, sem que saibamos por quê. De qualquer forma, não temos coragem de sair. Também acontece de parar em pleno campo, enquanto ouvimos aviões sobrevoando e explosões. Corremos para fora do trem e nos jogamos no chão até que os ruídos se afastem. No início, fico aterrorizado, pois tenho certeza de que minha hora chegou. Mas, depois da terceira ou quarta vez, eu já saio menos depressa e não corro tão longe.

Cada criança tem seu saquinho de mantimentos, e Lisette foi previdente, trazendo uma enorme sacola de comida. Quando fica evidente que a viagem será muito longa, ela toma a decisão de organizar um saco comunitário, requisitando tudo que as crianças trouxeram e estabelecendo um sistema de racionamento para tentar aguentar o maior tempo possível com provisões para meio dia apenas. Acho que ela não é muito boa em aritmética, essa Lisette, pois no segundo dia já não temos mais nada para comer. Para mim e os outros mais velhos, ainda passa. Mas eu fico com pena da pobre mulher quando a ouço repetir pela centésima vez:

— Eu sei que você está com fome. Eu também estou, mas não temos mais o que comer. — Ou outras variantes supostamente destinadas a tornar um pouco mais pacientes as crianças de 5 ou 6 anos que acham que a guerra não é nenhum motivo para morrer de fome.

Na manhã do terceiro dia, o trem entra na estação de Royan. Na minha cabeça, tudo se confunde: finalmente vou comer e beber à vontade, reencontrar Rolande, o que provoca em mim uma mistura de excitação e apreensão. E voltarei a ver todas aquelas pessoas que considero como minha verdadeira família. Esqueço instantaneamente os sofrimentos dos últimos dias; afinal, estou feliz demais por finalmente chegar ao lugar com o qual sonho há quase um ano.

Enquanto esperamos o ônibus que nos levará até a colônia, podemos beber toda a água que quisermos na fonte, e Lisette consegue arranjar em algum lugar uma bisnaga de pão que tenta fracionar de maneira a oferecer um minúsculo pedaço a cada criança. O ônibus chega, e dez minutos depois estamos diante do portão da colônia.

Lisette e Suzanne consideram que o mais urgente é nos alimentar. De minha parte, eu preferia primeiro reencontrar os amigos. Mas ao me aproximar de um grande prédio onde aparentemente, está o refeitório, considerando-se os cheiros que dele emanam, sinto minhas mandíbulas se apertarem e minha boca se encher de saliva. Apresso o passo. Estou quase chegando à porta do prédio quando ouço crianças gritando:

— Olha, é ele!

— Rápido, rápido, tragam um cão ou um coelho para ele!

— Como é mesmo que ele se chama?

— Jules, mas não é o mesmo nome que ele usa quando fala com os animais.

— Digam para chamar o cachorro, ele vai conseguir trazê-lo para cá.

Toda essa agitação me deixa meio confuso, mas eu acabo entendendo do que se trata: minha fama chegou antes de mim! Quando estava no Futuro Social, durante as férias na Ilha de Ré, onde fiz amizade com um cachorro, as crianças perpetuaram o mito de que eu falava a língua dos animais. E como eu nunca desmenti esse boato... Tampouco dessa vez eu até me animo a fazê-lo, pois ele me permite entrar em contato mais facilmente com as outras crianças da colônia, as que não vêm do orfanato. Mal cheguei e já sou respeitado. Embora eu não confirme nada, também não desminto.

No grupo de crianças que correu até mim, os únicos que eu reconheço são pequenos, de certo mais facilmente impressionáveis até hoje com meu talento linguístico com os animais. Eles gritam para mim algumas palavras que conhecem dessa língua (aqui transcritas foneticamente): *tak, nye, guvno* e *krulik* (sim, não, merda e coelho). Eu entro um pouco no jogo, dizendo que primeiro quero comer e que, enquanto isso, eles encontrem um animal para mim. Quando já estou para lhes dar as costas, vejo um pouco adiante uma menina que reconheço instantaneamente pelos longos cachos castanhos. Rolande vira-se e me vê. Eu sinto um frio na barriga... Mas alguém me puxa pelo braço. É Lisette, dizendo que, se eu não entrar imediatamente no refeitório, não poderei mais comer até a noite, o que está fora de questão. Esboço então um pequeno sorriso na direção de Rolande e acompanho Lisette.

Depois da refeição, somos levados às barracas de madeira onde deixamos nossas bagagens. Vejo os dois irmãos Binet chegarem correndo e gritando que eu tenho de ser acomodado junto com eles. Fico muito feliz de voltar a vê-los; nesse caso, pode-se realmente dizer que eu reencontrei minha família. E eles estão tão contentes que Pierre me cede seu lugar no segundo andar de um dos beliches. Nem é preciso dizer que a colônia de férias me agrada muito.

Mal tenho tempo de depositar minha mala na cama e Pierre e Roger me imploram que os siga para me apresentarem a seus novos amigos. Eu preferiria antes ir falar com Rolande, mas não vejo muito bem como explicar aos irmãos Binet que é mais urgente para mim reencontrar uma menina do que conhecer garotos legais.

Conheço então Lucien, um garotinho de pele escura e olhar sapeca; Jacques, um magrelo mais velho que me lembra Philippe; e Georges, um menino meio gordo, de sobrancelhas espessas e ar decidido. Esse grupinho se encarrega de me mostrar a colônia, as árvores que podem ser escaladas com facilidade, os lugares para colher uvas sem ser vistos, uma pequena escarpa de onde são feitos concursos de salto e, o melhor de tudo, que guardaram para o fim: o mar! Avisam-me que é preciso chegar perto discretamente, pois é proibido ir ao mar sem um adulto. Caminhamos pelo mato alto, e eu ouço cada vez mais forte o estrondo que me reconfortava, à noite, em nossas férias na Ilha de Ré, no início da minha estada no Futuro Social. Escalamos uma pequena elevação e, chegando ao alto, eu fico sem fôlego. Aquelas ondas enormes, a espuma, o céu infinito, os gritos dos pássaros... Na última vez em que eu vi o mar não havia guerra. Eu ainda achava que tinha sido sequestrado e que podia voltar à Polônia um dia. Tudo isso volta de uma só vez, e eu luto com todas as minhas forças para que não saia pelos olhos em forma de lágrimas. O pessoal desceu o declive, já se despiu e botou os pés na água. Eu corro atrás deles, tiro a roupa rapidamente, mas não consigo entrar na água, pois aqui não há praia, apenas rochas. É preciso pular, e de repente a gente fica com água até as coxas, em meio às ondas que empurram e puxam em um movimento incessante.

— Jules, não vá dar uma de medroso! Vamos, o mar não vai te engolir!

— Está um pouco frio, só isso. Estou indo, estou indo...

Sento-me na ponta de uma pedra e deixo as pernas balançando. Vou descendo lentamente agarrado à pedra, mas acabo tendo de largar e pular. As ondas me envolvem, e eu sinto o gosto do sal. Faço como os irmãos Binet: jogo água, pulo, grito. Grito minha alegria de ter reencontrado meus amigos, de estar longe de Paris, longe da guerra...

Depois do banho de mar, ficamos secando deitados em uma enorme pedra para que os cabelos molhados não denunciem nossa aventura.

Só à noite, no refeitório, eu volto a encontrar Rolande. Ela me olha com um ar estranho. Vou ao seu encontro, tentando disfarçar meu embaraço. Eu tinha me acostumado a falar com ela por escrito e me dou conta de que nossas cartas criaram entre nós uma intimidade que eu não sei recuperar em sua presença.

— Estou contente de ter chegado aqui.

— Sim, você parece contente.
— Puxa, todo mundo parece legal, eu acho. Vocês devem se divertir bastante. Parece mais divertido que no orfanato, com as uvas, o mar...
— Sabe, eu queria te dizer que tenho novos amigos. Estou feliz de te ver, mas há o Clément, que é o meu melhor amigo.
— Ah, tudo bem... Não tem problema.
Ela não diz nada.
— Mas a gente continua amigos, não?
— Claro.
E então ela se vai.
Eu sentia que alguma coisa estava errada entre nós, mas não sabia o quê. Mais tarde, entendi que eu não tinha reagido como devia, que Rolande queria que eu insistisse para que ela me escolhesse como "melhor amigo", que no fundo pouco ligava para Clément. Eu tinha falhado no meu primeiro namoro, mas não estava incomodado demais, pois a vida na colônia era muito movimentada.

Não levo muito tempo para aprender os "usos e costumes" do lugar. Há muitas vinhas nas proximidades, e ninguém tem direito de colher as uvas. Logo, isso se torna uma de nossas atividades favoritas. Os garotos rapidamente me ensinam os rudimentos dessa arte: nunca esvaziar todas as vinhas em um mesmo local, nem um pé inteiro de videira. E nunca voltar dois dias seguidos ao mesmo lugar. Claro que a gente come as uvas, mas no fim das contas acaba sendo cansativo. E então resolvemos bancar os vinhateiros. Arrancamos as uvas dos galhos, enchemos baldes e depois entramos neles descalços e esmagamos as uvas. Em seguida, é preciso passar a substância por uma peneira e engarrafar. As garrafas são dispostas horizontalmente debaixo da nossa barraca, e toda semana nós destampamos uma para saborear. Acho que o nosso método não está muito bem desenvolvido... Como não é muito bom, eu ainda não consegui ficar bêbado. Mas outros conseguiram.

Outra atividade que me agrada muito — essa perfeitamente legal — são as incursões à praia. Elas me lembram dos nossos passeios no canal com o orfanato. Saímos em formação e caminhamos cerca de 2 quilômetros até o mar. Lá, temos um monte de coisas para nos manter ocupados: ostras para quebrar nas pedras, cavalos-marinhos indo para lá e para cá na água, enguias para capturar (e que são depois levadas ao cozinheiro da colônia). O melhor com as enguias é que podemos esconder uma delas nas costas e fazê-la aparecer de repente diante do rosto de uma menina. É garantia de berros e gritos!

CAPÍTULO 21
Os alemães na colônia

Certa manhã, a guerra que parecia tão distante chega a Royan. Os alemães estão por toda cidade, desembarcando com seus caminhões, reboques e carretas no parque da colônia, onde instalam um acampamento. Nós ficamos aterrorizados. Sobretudo os meninos. É que temos nossos informantes. Sabemos que os alemães, que não querem uma terceira guerra com a França, decidiram radicalizar e cortar a mão direita de todos os homens (e meninos) franceses. Assim que começa a ressoar o barulho das botas de soldados alemães no solo da colônia, nós corremos para nos esconder no porão de um prédio anexo. E lá ficamos por horas, decididos a não nos mexer até o fim da guerra. Até que a diretora da colônia vem nos buscar e nos diz, contendo com dificuldade um sorrisinho, que essa história de mãos cortadas é um boato que vem não se sabe de onde e que podemos sair sem receio e nos juntar às meninas para a refeição.

Uma vez convencidos de que os alemães não nos vão cortar nada, o medo dá lugar à curiosidade. Nós comemos rapidamente, e, assim que o sino assinala o fim da refeição, levantamo-nos com grande alarido.

Lá fora, nada mais é como era. Todo o espaço gramado do parque da colônia está ocupado; há alemães por todo lado, carroças alemãs, veículos alemães... Eu passeio em meio a tudo isso com certa inquietude, mas sobretudo com fascínio. Os soldados estão ocupados demais com a instalação de seu acampamento para prestar atenção em nós. Nós, então, nos permitimos observá-los sem grande sutileza. Georges se junta a mim.

— Quer saber de uma coisa? Eu vi um alemão entrando em um caminhão e consegui dar uma olhada. Adivinha o que tinha lá dentro...

— Prisioneiros de guerra?

— Não, não exagera. Fuzis e metralhadoras.

— E a Sra. Bouillon permite que eles deixem tudo isso no meio das crianças?

— Eeh... acho que eles não pediram autorização.

Antes mesmo que ele termine a frase, eu me dou conta da estupidez da minha pergunta. Os alemães são nossos invasores, e portanto não estão nem aí para a segurança das crianças francesas. E da Sra. Bouillon.

Contrariando toda expectativa, os alemães se revelam simpáticos conosco. Graças a um deles, eu até consigo meu primeiro trabalho remunerado. Vou passeando entre os caminhões, muito lentamente e ao mesmo tempo porque está incrivelmente quente e porque não me canso de observar os soldados. Um deles me faz sinal. Meu coração dispara. Eu hesito um pouco, mas logo vejo que sair correndo seria tão ridículo quanto inútil. Aproximo-me então, com um passo desinteressado.

— Qual seu nome?

— Jules.

— Eu, Hans. Você, que idade?

— Tenho 10 anos. E o senhor?

— Eu, 23 anos. Meu francês não muito bom, muito difícil. Quero ler e falar. Você sabe?

— Se eu sei ler e falar francês?

— Não. Você sabe ensinar eu?

— Err... Sim, acho que sim... Nunca fiz isso, mas posso tentar. Vamos ver no que dá, não sei se saberei como fazer, mas, como já disse, posso tentar.

— Devagar, devagar, por favor. Se você fala devagar, eu entender um pouco.

— Sim, desculpe. Nunca fiz isso, mas posso tentar. Depois, pode me dizer se funcionou ou não.

— Ótimo! Tenho jornal. Começa?

Hans pede que eu leia um artigo de jornal. Eu leio o primeiro parágrafo. Ele olha por cima do meu ombro enquanto eu leio, depois tenta laboriosamente ler também. Toda vez que ele se engana na pronúncia de uma palavra, eu o corrijo, ele volta a dizer a palavra e eu volto a corrigir se necessário. E assim conseguimos percorrer a metade do artigo. Hans parece encantado.

— Muito bem, muito bem. Amanhã de novo?

— Está bem, eu volto à mesma hora.

— É para você — diz então Hans, estendendo-me uma barra de chocolate.

Chocolate é coisa rara desde o início da guerra. E eu adoro chocolate. Hans não poderia ter chegado em melhor momento. Tratei de esconder essa primeira barra cuidadosamente debaixo da camisa para só comê-la tarde da noite, sozinho na cama. Estava completamente mole e quente, mas que delícia!

Posteriormente, como ele continua a me pagar com uma barra de chocolate para cada lição, eu me acostumo e passo a compartilhar com os amigos.

Por sinal, é graças a um quadradinho de chocolate oferecido ao grande Jacques que eu tenho direito a uma informação privilegiada: em certas horas, é muito fácil entrar nos caminhões em que os alemães guardam suas provisões. Jacques já entrou duas vezes, conseguindo biscoitos e latas de carne em conserva.

— Quer participar da próxima expedição?

— A gente não corre o risco de ser apanhado?

— Não, há horas em que é muito fácil, quando eles estão comendo, por exemplo.

— Então vamos juntos à tarde?

— Está bem. Em geral, quando toca o sino da nossa refeição, é mais ou menos a hora em que eles estão acabando a deles. E então é fácil sair a tempo do caminhão.

Eu espero a manhã inteira impacientemente. Quando vejo os soldados alemães caminhando em direção à cantina deles, meu coração se aperta. Jacques se aproxima de mim, perfeitamente à vontade. Eu tento me deixar contaminar por sua calma, e ele me explica sua tática:

— Para não parecer suspeito, o principal é não ficar olhando para eles com o canto do olho nem parecer estar caminhando sem direção. O melhor é correr como se estivéssemos nos perseguindo ou fingir brincar de esconde-esconde.

— Então vá se esconder, e eu te procuro.

Sem hesitar um segundo, Jacques desaparece. Olhando de soslaio, eu o vejo se meter em um caminhão alemão. Resta-me apenas ir ao seu encontro... Mas sinto que me falta naturalidade. Tento encontrá-lo de alguma forma gritando "Cuidado, estou chegando!", mas não há um público para aplaudir meu desempenho, pois todos os alemães estão fora de vista no momento. E eu reencontro meu amigo no caminhão.

Jacques já está com os bolsos cheios. Refestelado no fundo do caminhão, ele come biscoitos e ao mesmo tempo tenta distinguir nas pilhas de conservas as que podem interessá-lo.

— Vamos, pegue alguma coisa. Não podemos levar demais. De qualquer maneira, podemos voltar todo dia para renovar nosso estoque. Veja, encontrei uma pilha de latas de chucrute. Eu não gosto muito, mas, se quiser, pode pegar.

De chucrute eu gosto. Provavelmente por minhas raízes polonesas. Quando eu era pequeno, Fruzia me fazia caminhar sobre folhas de repolho cobertas de sal para fazer chucrute, mais ou menos como aqui, quando fazemos vinho. Na mesma noite, eu o devoro por trás da minha barraca, depois de convidar Roger e Pierre para compartilharem do meu banquete.

CAPÍTULO 22
Fogos de artifício

Eu estou tentando fazer meu aluno alemão pronunciar mais ou menos direito o som "un" em francês quando Jacques passa por mim e me faz sinal para segui-lo imediatamente. Hans, percebendo o que se passa e desanimado por não conseguir diferençar entre os "un", os "in" e os "an", entrega-me uma barra de chocolate e diz:

— Tudo bem, encerramos por hoje. Amanhã será melhor.

— Que houve?

— Você não vai acreditar no que foi que eu encontrei esta manhã quando entrei no caminhão dos alemães!

— Você foi lá de manhã antes de eles irem comer?

— Sim, está vendo aquele lá no fundo por trás das três árvores? A entrada é do outro lado, e a gente pode entrar sem ser visto. Eu tinha notado isso há alguns dias, e desde então, toda vez que passava pelo lado, não havia ninguém vigiando. Então, adivinhe o que há lá dentro?

— Metralhadoras? Georges viu algumas.

— Não. Os caminhões com metralhadoras são bem guardados. Mas eu encontrei munições! Um monte! Balas, umas espécies de foguetes e muitos outros troços que devem explodir. Quer ver?

O que eu posso responder? É evidente que estou aterrorizado com a ideia de entrar sem permissão em um caminhão alemão cheio de munições. E não é menos evidente que está fora de questão recusar a oportunidade. Mas eu convenço Jacques a esperar que os alemães tenham ido comer para aumentar a segurança da nossa operação de infiltração das linhas inimigas.

Uma vez no caminhão, fico paralisado. De fato são toneladas de munições. Eu nem ouso encostar, fico apenas olhando feito bobo. Jacques tem um plano.

— É melhor não ficar muito tempo aqui. Proponho levar algumas balas e um ou dois foguetes conosco, e assim poderemos examiná-los escondidos no bosque.

— Você ficou louco?

— Olha só quanta munição, eles não vão dar pela falta, acredite.

— Sim, mas e se nos pegarem com isto?

— Eu já arranjei um esconderijo. E iremos examinar nosso botim na próxima refeição.

Há muito tempo eu já entendi que quando Jacques tem uma ideia na cabeça não adianta tentar convencê-lo a esquecer. Então, ou eu me recuso a participar de sua operação, o que me transforma em um covarde — que além do mais corre o risco de se arrepender —, ou então paro de fazer perguntas e ponho a mão na massa para que a coisa termine o mais rápido possível.

Quando toca o sino do almoço, nossas munições já estão escondidas no bosque, nós retornamos à nossa barraca e voltamos a respirar mais ou menos dentro do normal.

À noite, saímos correndo para o esconderijo. Jacques já sabe o que quer fazer com todas essas munições.

— Eu já examinei bem as balas da primeira vez que as encontrei, pois você não estava lá para me apressar. É possível desmontá-las e retirar a pólvora. Se atearmos fogo, com certeza vai queimar.

É incrível o que se pode fazer com balas... A princípio, traçamos caminhos de fogo com a pólvora que conseguimos extrair. Criamos as mais diferentes formas e ficamos vendo o fogo serpentear pela floresta, dar voltas, fazer zigue-zague... Depois, fazemos um buraco, enfiamos uma bala, colocamos um prego bem na espoleta e batemos nele com uma pedra. Com um grande BUM, a bala se enterrou na madeira da árvore.

Há também os foguetes. No início, tentamos dispará-los com fósforos, mas nada acontece. Jacques procura uma solução.

— Precisamos de fósforos grandes para aquecer por mais tempo.

— Ou então acendemos vários ao mesmo tempo, mas para isso precisaríamos de mais gente. Eu me pergunto como é que os soldados fazem.

— Não acho que seja uma boa ideia perguntar a eles. Tive uma ideia! Acendemos uma fogueira e jogamos os foguetes nela!

— Sim, sim, sim...

No dia seguinte, eu me nomeio responsável pela segurança e parto em busca de uma clareira, pois não quero correr o risco de pôr fogo na floresta. Nós hesitamos entre vários lugares. Finalmente, Georges, por nós convidado juntamente com Roger e Pierre, encontra o lugar perfeito: uma grande clareira, a cerca de quinze minutos a pé da colônia, à qual temos acesso passando por um denso matagal.

A primeira experiência transcorre como previsto. Nós acendemos uma fogueira. Esperamos que o fogo tenha pegado bem, e Jacques tem a honra de lançar um primeiro foguete nas chamas. Passados uns vinte segundos, ouve-se um assobio. Uma viva luz branca traça uma linha reta em direção ao céu, e nós saltamos de susto com um grande BUM. E então urramos de alegria. Depois eu peço a todo mundo que se acalme e espere em silêncio. Certifico-me de que nada está queimando no bosque, e nós nos concentramos para ouvir eventuais ruídos de passos. Tudo bem, a operação é declarada perfeitamente bem-sucedida! Preferimos guardar o resto dos foguetes para explodi-los à noite.

Ao anoitecer, cerca de duas horas depois de as crianças irem se deitar, estamos reunidos na entrada do bosque. É mais difícil andar pela floresta em plena noite, mas estamos muito empolgados e não nos deixamos desanimar pelas quedas. Chegamos então à nossa clareira. Primeira etapa: acender o fogo. Segunda: esperar que ele ganhe corpo.

— Proponho que cada um prepare um pequeno monte de foguetes e que, quando eu der o sinal, sejam todos lançados ao mesmo tempo.

— Boa ideia. Então, cada um com o seu montinho?

Eu vejo quatro cabeças assentindo e oito olhos me encarando intensamente. Saboreio por alguns segundos esse momento de suspense e depois dou o sinal a Georges... e pronto! Ele lança seu primeiro foguete. Aguardamos um momento... Assobio, uma bela linha verde sendo traçada no céu e depois a queda no chão. É então a vez de Pierre, com uma bela linha laranja; e depois de Roger, com uma branca; Jacques, com uma azul; e finalmente eu, com outra azul. E começamos de novo: Georges, Pierre, Roger e... dessa vez o foguete saiu na horizontal. Vai cair cerca de 30 metros adiante, na floresta. Ficamos olhando por alguns momentos para o local da queda, e, como não acontece nada, Jacques se prepara para lançar seu próximo foguete.

De repente, Georges grita:

— Merda, pessoal! — apontando para o lugar onde caiu o foguete de Roger. Uma fumaça marrom e espessa sobe dos arbustos. Depois, chamas. Ficamos todos paralisados, incapazes de falar. Como responsável pela segurança, eu me obrigo a reagir:

— Temos de jogar terra no fogo!

Chegando perto do arbusto, nós ouvimos vozes. Um oficial alemão surge de trás da pequena árvore, parecendo muito irritado. Está afivelando o cinto. Segundos depois, aparece também uma jovem, descabelada, assustada. O oficial grita em alemão, empurra a mulher para afastá-la do fogo e começa a pisotear freneticamente o arbusto. Ele grita na nossa direção. Nós não podemos nos imiscuir. Tento cavar para juntar um pouco de terra e a jogo no fogo. O resultado não é convincente. Pierre e Roger se postam ao lado do fogo e começam a urinar. Jacques e Georges pulam de pés juntos sobre o arbusto, imitando o alemão. No fim das contas, o oficial tira seu manto e o atira sobre o fogo, o que acaba por apagá-lo.

Resolvido o problema, ficamos todos ali olhando uns para os outros. O alemão nos observa por um tempo interminável, depois pega a companheira pelo braço e se afasta.

Esse episódio põe fim à nossa primeira noite de fogos de artifício. Mas nós renovamos a experiência dias depois, e mais outra vez, que seria a última, por conta da dificuldade de aprovisionamento. Um dia, alguns alemães nos flagram roubando munições. Nós já esperávamos o pior — algemas, detenção, fuzilamento —, mas recebemos apenas recriminações de um oficial:

— Isso não se faz, roubar, feio. Se outra vez, vocês, prisão. Agora, embora!

Georges se desmancha em desculpas e agradecimentos, em uma curiosa mistura de francês, inglês e alemão:

— *Désolé, vraiment, so sorry, danke, danke schön, thank you, vraiment desolé...*

Jacques o puxa pelo braço:

— Rápido, antes que ele mude de ideia. Não insista.

E saímos de fininho sem olhar para trás. Ao chegarmos diante de nossas barracas, caímos no chão às gargalhadas.

CAPÍTULO 23
De volta a Paris

Todas as coisas boas chegam ao fim, e na minha vida isso é ainda mais verdadeiro. Perto do término do verão, uma senhora de nome Françoise vem me visitar. Ela diz ser amiga da minha mãe e estar ali para me levar a Paris. Sem uma palavra de explicação sequer. Eu faço as malas, despeço-me... Até Rolande parece triste. Imaginem como eu me senti! Roger e Pierre fazem sua imitação de macaco enquanto eu me afasto, arrastando as malas. Mesmo depois de deixar de vê-los, continuo ouvindo seus urros simiescos. E me pergunto se um dia voltarei a encontrá-los.

— Você está me levando de volta para a Rue Aubriot?

— O endereço que me deram é de uma certa Paulette, na Boulevard de la Villette, no décimo nono *arrondissement*.

Paulette é uma das irmãs da minha mãe. Lembro-me de tê-la visitado algumas vezes. E de ficar muito entediado em sua casa. Muito mesmo. Eu até inventei uns versos: "Na casa de Paulette, sem ter o que fazer, é um tédio morrer" ou algo do gênero. Eu nunca me considerei um grande poeta... Para minha enorme surpresa, não é nada mau na sua casa. Ela inclusive me faz rir; com seu sotaque idêntico ao de Lena, até parece que elas frequentaram aulas de francês na mesma escola e que ela ficava em pleno bairro judeu de Varsóvia. Paulette me dá uma grande liberdade. Nós recebemos carnês de alimentação que dão direito a determinadas quantidades mensais de tíquetes para comprar leite, açúcar, carne, manteiga, pão. Não morremos de fome, mas nunca estamos realmente saciados.

Um dia, Lena chega à casa da irmã com cara de enterro. Má notícia: Geneviève acaba de ser detida. As ideias se confundem na minha cabeça.

— Mas como assim, por quê?
— Você sabe...
— Mas quem foi?
— A polícia francesa. Ela está na prisão.
— Quero ir vê-la. Posso?
— Não sei... Se alguém o seguir na volta...
— E daí? Eu não fiz nada errado, sou uma criança, poderia ser filho ou sobrinho dela. E, mesmo se me seguirem, eu volto tranquilamente para a casa de Paulette. Que eu saiba, ela não está envolvida com nada comprometedor.
— Você tem razão. Vou-lhe dar frutas e outras coisas para levar para ela.

Provavelmente era o que Lena queria desde o início, que eu fosse visitar Geneviève. Tinha até preparado um embrulho. Mas antes precisava desempenhar seu papel de mãe preocupada com o filho.

Minha primeira visita a Geneviève ocorre na prisão de La Roquette. Ela parece mais magra, embora cheia de vitalidade. Faz perguntas sobre a minha escola, meus amigos, o que estou lendo. Eu lhe entrego frutas e biscoitos, pelos quais me agradece calorosamente. Ao me despedir, ela sussurra no meu ouvido:

— Meu Julot, da próxima vez, se puder, traga cigarros. É proibido. Então você terá de passá-los a mim discretamente.

É claro que eu vou levar cigarros da próxima vez; fico completamente feliz de ter mais uma oportunidade de me arriscar por ela.

Como os cigarros estão racionados, uso os tíquetes de Lena, que não fuma, para consegui-los. Já na segunda visita eu chego com frutas, bolinhos e, escondidos no bolso, dois maços de Gauloises. Ao encontrá-la, digo a Geneviève, orgulhoso:

— Eu trouxe *tudo* do que você precisa.

— Obrigada, querido.

Ela se aproxima de mim e me abraça muito forte, mais forte do que o habitual. Levo algum tempo para entender que é nesse momento que tenho de lhe passar os cigarros, tendo me certificado com uma olhadela de que nenhum guarda está nos observando. Missão cumprida. Talvez não seja tão gloriosa quanto minha primeira tarefa para a Resistência, mas o olhar brilhante de Geneviève me dá a impressão de ter realizado um feito heroico.

Em todas as minhas visitas, fosse em La Roquette ou, mais tarde, na prisão de Fresnes, eu sempre lhe levaria seus dois maços de Gauloises.

CAPÍTULO 24
Um verão em Sarthe

Quando acabaram as aulas, minha mãe e Paulette decidiram que seria melhor para minha saúde física e mental mandar-me para o campo no verão. Eu comeria melhor e teria mais espaço para brincar e correr ao ar livre. Paulette acha que eu passo muito tempo com a cara enfiada nos livros, que preciso retomar contato com a vida "de verdade". Minha mãe está pouco ligando; o importante, para ela, é que eu coma direito.

É providenciada então uma estada em uma fazenda em Volnay, na região de Sarthe. Dessa vez, sou levado por uma senhora chamada Lise. Muito gentil. De ar sério, até mesmo um pouco severa, mas eu gosto de pessoas que não se sentem obrigadas a sorrir para mostrar que são amáveis — elas me intrigam mais que as pessoas que sorriem por qualquer motivo.

Chego no início de julho de 1941 à casa de Claude, Huguette e seus filhos adolescentes, Benoît e Paul. Se o objetivo de me mandar para o campo era permitir que eu brincasse ao ar livre, não funcionou. Não tenho tempo, há muito trabalho a ser feito na fazenda. De qualquer maneira, não entraria na minha cabeça ficar brincando sozinho o dia inteiro enquanto todos os outros trabalham.

Eis as tarefas que devo desempenhar: alimentar, escovar e atrelar à carroça o mais velho dos três cavalos, Picot; fazer manteiga na batedeira; recolher os ovos no galinheiro; levar ovos, manteiga e queijo à cooperativa da aldeia; alimentar os três coelhos com a grama do fosso; ajudar na colheita, juntando o trigo; levar os cavalos ao ferrador... Mal consigo ler dois livros em todo o verão! Mas o que mais me agrada é que nosso esforço é recompensado com comida em quantidade ilimitada! Aqui, eu posso comer toucinho e manteiga à vontade! Nos primeiros dias, eu pareço um gato em um ninho de ratos. Como pedaços enormes de toucinho e colheradas de manteiga. Acho que consegui ingerir em uma semana toda a gordura que deveria ter comido no ano passado. Huguette ri tanto vendo-me devorar que quase perde o fôlego. Diz nunca ter visto nada mais divertido. Ela me convida a comer mais e mais, e continua me observando, sacudindo os ombros.

Na primeira vez que me manda para a batedeira com alguns baldes de creme, Huguette não acredita na pouquíssima quantidade de manteiga que eu trago de volta. Eu não consigo me controlar e me sirvo de manteiga à medida que vai sendo formada. O mesmo quando sou mandado ao galinheiro para recolher os ovos. Boto dois na cesta e depois engulo um (faço um buraco em cada extremidade, inclino a cabeça para trás, coloco o ovo acima da boca e aspiro o conteúdo pegajoso).

— Hummm — faz Huguette, despenteando-me os cabelos —, parece que as galinhas não botaram muito.

Passada uma semana ou talvez duas, meu apetite por tudo que contenha gordura acaba se acalmando. E agora podem me mandar sem receio ao galinheiro ou à batedeira, pois volto com quantidades aceitáveis de ovos ou manteiga.

Quando eu vou à cooperativa da aldeia, fico impressionado com os preços e a diversidade de alimentos vendidos. Um dia, dou com dois grandes e belos queijos secados nas cinzas e não consigo resistir. Jamais teria encontrado tal coisa em Paris! Compro quatro deles, embrulho três em papel e, na visita seguinte à aldeia, passo pelos correios para mandá-los para Lena. Dias depois, recebo um envelope contendo uma carta de minha mãe e dinheiro. Lena explica que ficou encantada com meu embrulhinho e adoraria receber outros. Foi o estopim da minha carreira de traficante de alimentos.

Procuro sempre diversificar a mercadoria. É preciso acompanhar a lei da oferta e da procura. O que é que mais falta em Paris desde o início da guerra? Carne, naturalmente. Lena com certeza adoraria receber, poderia até distribuir alguma carne entre os companheiros da Resistência. Converso a respeito com Huguette — sem mencionar os companheiros —, pois nunca comprei carne na vida. Ela sugere que eu consiga coelhos vivos e se oferece para me mostrar como abatê-los e prepará-los. Espera aí, eu, o grande amigo dos animais, terei de matar lindos coelhinhos?! Bom, guerra é guerra, acabo me convencendo...

Já no dia seguinte, ao voltar da aldeia, paro na fazenda dos Bouvier e escolho dois coelhos bem rechonchudos. Um deles será abatido por Huguette, e do outro eu mesmo cuidarei. Juro que vou me comportar como um autêntico camponês, não me deixando tomar pela piedade aos animaizinhos, que poderão alimentar minha mãe durante vários dias. Huguette, por sua vez, age com gestos precisos e não parece sentir qualquer emoção, à parte divertir-se um pouco com a minha cara, pois eu não consigo manter-me impassível como desejaria. Quando chega a minha vez, respiro fundo, agarro pelas orelhas a segunda refeição de Lena e imito da melhor maneira que posso os gestos de Huguette: golpeio o coelho na nuca, amarro as patas traseiras e arranco um dos olhos, para derramar sangue em uma vasilha (sangue que servirá para a *fricassée* de Huguette). Meu pequeno sacrificado grita um pouco mais que seu companheiro de infortúnio, mas eu descubro em mim certo talento para açougueiro. Em seguida, Huguette me mostra como preparar o animal, e depois eu o embrulho em um pacote, logo enviado a Lena. Que por sua vez me manda outro envelope com ainda mais moedas.

Com a chegada do fim do verão, os Bouvier me oferecem uma grande caixa de maçãs, maçãs-reinetas, por um excelente preço. Elas parecem suculentas, e eu encho a minha carroça. Como logo deverei voltar para a casa de Lena, mando-lhe quase toda a caixa.

De volta a Paris, logo fica claro que não poderei aproveitar a minha colheita, pois Lena já vendeu aos companheiros todas as belas maçãs de inverno — a preço de custo, nem é preciso dizer. Se soubesse — minha mãe não se cansa de me surpreender! —, teria guardado algumas nas minhas malas. Mas minha decepção passa quando penso nos companheiros da Resistência, que arriscam a vida por nossa libertação, felizes por comerem uma maçã boa e suculenta.

CAPÍTULO 25
A clandestinidade

Setembro de 1941. Novamente, volto a morar com Lena na Rue Aubriot. Paris mudou muito nos últimos meses, durante minhas "férias" no campo. Há filas por toda parte, os carros foram substituídos por bicicletas, é difícil encontrar comida, as pessoas têm o olhar triste, e o clima é de desânimo.

Nos primeiros meses, eu faço o que é necessário. Embora não goste tanto da vida com minha mãe, nem da escola, nem, na verdade, de Paris. Eu queria estar na natureza, não fazer deveres de casa, viver com outras crianças, como na época do Futuro Social. Mas esse tempo ficou para trás, e eu não sou do tipo que contemporiza nostalgia.

Certa manhã, Lena me comunica que teremos de deixar rapidamente o apartamento onde moramos. Como de costume, ela não me dá qualquer detalhe. Eu entendo que de nada adianta fazer perguntas, pois quanto menos eu souber, melhor será para todo mundo. Ela será hospedada por sua irmã Annette, e eu estarei mais seguro na casa de Anna, a irmã de Emil. Como ela não mora muito longe da Rue Aubriot (na Rue des Boulangers, no quinto *arrondissement*), poderei continuar frequentando a mesma escola. Eu não acho o argumento convincente — tinha uma remota esperança de que não me mandassem mais para a escola —, mas aceito.

Anna é aquela que ficou aleijada depois de ser atropelada por um bonde em Varsóvia. Ela quase não fala francês, mas consegue ganhar a vida como faxineira em residências. Nós nos entendemos bem, e, sempre que eu quero ir ao cinema, ela me dá algumas moedas, embora não ganhe tanto assim. Tecnicamente Anna é minha tia, mas comporta-se comigo como uma vovó boazinha. O que não chega a surpreender, considerando-se que deu o seio a meu pai!

Hoje é meu aniversário. Completo 12 anos. Anna ofereceu-me duas entradas para ir ao cinema. Eu convidei François, meu novo amigo, para irmos logo depois das aulas. Ao sair da escola, dou de cara com Brigitte, a porteira da Rue Aubriot, que me faz parar.

— Olá, Jules. Tudo bem? Faz tempo que a gente não vê você por aqui.

— É, eu ando muito ocupado.

— Ouça, estou muito contente de ver você, mas preciso ir direto ao ponto. É que chegou uma carta para sua mãe, e eu não sei se ela a recebeu, também não a tenho visto muito.

— Eu também não sei...

— Puxa, não sei o que fazer. Eu a entreguei ao Sr. Hurteau, do terceiro andar, mas ele não voltou a falar do assunto, e fiquei achando que talvez não tenha sido a melhor decisão. Ouça, não se preocupe com isso, eu mesma vou cuidar. Até mais ver!

E ela se vai. Nunca achei essa porteira muito esperta, mas dessa vez ela se superou.

Eu não me preocupo com essa história, pois não tenho muito tempo a perder se quiser chegar a tempo do filme. François e eu atravessamos o Sena e caminhamos até a casa de tia Anna, que nos oferece chá e biscoitos para comemorar meu aniversário, mas eu prefiro não me demorar muito por aqui, pois seu filho Stach está por perto. Ele é pretensioso, arrogante e se acha o sabichão. Sendo anarquista, adora insultar minha mãe, que é comunista. A mim, nada diz, pois me considera criança demais para se rebaixar a discutir política comigo. Segundo ele, o anarquismo é o único sistema que realmente representa a liberdade para o povo. Que ele discuta com Lena, que troque insultos com ela, ainda passa. Mas uma vez eu o vi completamente bêbado batendo em Olga, a mulher com quem vive. Se todos os anarquistas forem assim, não creio muito que sua doutrina seja capaz de levar à liberdade. Seja como for, quando Stach está na casa de tia Anna, eu prefiro não me misturar.

Eu me desculpo com Anna, dizendo que temos de nos apressar para não nos atrasar para o cinema, e lá vamos nós em direção ao Boulevard Saint-Michel. Está difícil escolher um filme. Eu gostaria de rever *La Fille du puisatier*, com Fernandel. Mas François ri tanto quando vê a cara de Fernandel que faz xixi nas calças. E depois sua mãe não fica nada contente. De modo que ele não quer. Peço-lhe então que escolha outro filme, mas o único que ele tem vontade de ver é *Branca de Neve e os sete anões*, que já começou há meia hora. E esse, de qualquer forma, eu já vi.

Nós ficamos ali, no frio, sem saber o que fazer. A essa hora, as calçadas do boulevard estão cheias de gente. François propõe que façamos uma corrida em zigue-zague entre as pessoas. Temos de dar a partida no mesmo momento e chegar até a Rue Saint-Antoine, onde ele mora.

Está longe de ser a nossa primeira corrida, e eu sei que François é mais rápido que eu. Como sou menor, porém, me acho em melhores condições de me esgueirar no meio das pessoas. Entre as regras, acrescentamos que não podemos derrubar ninguém nem levar nenhum sermão.

Nós corremos durante muito tempo. Em dado momento, fico achando que François se perdeu, mas logo descubro que ele está bem na minha frente. Consigo alcançá-lo no fim, mas vou de encontro a um senhor de idade que me pega pela gola com uma força que eu jamais o imaginaria capaz. François saiu ganhando, mas, se não fosse o velho, eu certamente o teria ultrapassado na chegada.

Despeço-me dele e vou trotando até a Rue des Écouffes, onde minha mãe se esconde desde que deixou a Rue Aubriot.

Abre parêntese. Para esclarecer as coisas, vou fazer o que já devia ter feito há muito tempo: apresentar a família de Lena. Falarei apenas de suas irmãs de sangue. São quatro mulheres. Pela ordem, começando pela mais velha, temos Tobcia — com quem eu vivi algum tempo antes de ir para o Futuro Social —, Paulette — em cuja casa morei antes das férias em Sarthe —, Annette — com quem minha mãe se esconde neste momento — e Lena. Por que estão todas na França atualmente? Não sei. O pai delas também teve vários filhos de um primeiro casamento, mas eu não os conheço. Fecha parêntese.

Eu subo a escada aos pulos até o segundo andar, queimando a pouca energia que me resta depois da corrida pelas ruas de Paris. Chego faminto ao apartamento, mas tia Annette me serve uma vasilha de repolho, que não é exatamente o que o meu estômago sonhava.

Durante a refeição, conto à minha mãe o meu estranho encontro com a porteira.

— Ela é realmente muito estranha! Interpela-me na rua como se absolutamente não pudesse deixar de me falar de alguma coisa da maior importância e depois diz: "Bom, bom, tenho de ir." Eu nunca vi ninguém tão idiota!

De repente, Lena assume um ar grave. Pede que eu reproduza exatamente, em um esforço de memória, o que Brigitte disse. Eu não entendo por quê, mas realmente me esforço, pois percebo que minha mãe está pensando em algo e que não é mais hora de brincar. Quando eu termino, Lena se levanta, entreabre a cortina e dá uma olhada pela janela, dizendo-me, em seguida, muito séria:

— Acho que ela veio falar com você para mostrá-lo a um policial à paisana. Essa história de carta é ridícula. E não foi por acaso que ela estava perto da sua escola na hora da saída. A polícia com certeza pediu-lhe que falasse com você para poder identificá-lo. Depois de tê-lo mostrado, ela poderia partir. Bom, você precisa se lembrar. Notou alguma coisa no caminho da escola até aqui? Algum sinal de que alguém o estava seguindo?

Eu tento lembrar.

— Nós fizemos uma brincadeira ao vir para cá, eu e meu amigo François. Saímos correndo em zigue-zague entre as pessoas. Se tivesse algum adulto nos seguindo, certamente teríamos percebido. Acho até que seria impossível.

— Está bem. Mas agora a escola acabou. Você não voltará. Vai ficar escondido aqui, e depois encontraremos um lugar melhor, afastado de mim.

Eu, procurado pela polícia! Não é pouca coisa! Preciso me esconder! Na hora, o orgulho que sinto é muito maior que o medo. Quem pode se vangloriar de ter sido procurado pela polícia, em tempo de guerra, aos 12 anos? A coisa me parece excepcional. Mas eu queria voltar uma última vez à escola.

— Não vai ser possível, não vai. Amanhã com certeza eles estarão à sua espera e o prenderão.

— Então eu vou pedir ao François que traga o cinzeiro de madeira que eu fiz na oficina de trabalhos manuais. Eu quero dar de presente ao Arnold, e...

— Não, não vai pedir nada ao François. Nem a ninguém. É muito perigoso.

Annette é incumbida de avisar a Anna que eu não voltarei mais para sua casa. Ao retornar, ela nos conta que policiais passaram pela Rue des Boulangers para perguntar a Anna se ela sabia onde eu estava e disseram que eu era uma terrorista perigosa e experiente, pois devia ter passado por um treinamento vigoroso para aprender a despistar as pessoas daquela forma.

No fim das contas, essa história de clandestinidade é exagerada. Lena rapidamente me mudou de lugar, e então, poucos dias depois, veio me buscar de novo para me levar a um terceiro local, em um apartamento muito bonito de um casal de judeus poloneses, David e Maria. Eu não posso sair, não há livros que me interessem, eles raramente estão em casa... Nem preciso dizer que o tempo se arrasta terrivelmente. Chego até a sentir falta da escola! E não posso mais visitar Geneviève por causa da minha situação de clandestino.

Um dia, Lena chega com Arnold. Só isso já é um acontecimento no meu longo dia. Arnold me comunica que traz novos documentos de identidade para mim.

— Quer dizer que eu vou mudar de nome?

— Claro.

— E sou eu que vou escolher como vou me chamar?

— Não, já está tudo decidido, tenho aqui a sua certidão de nascimento.

Enquanto fala, Arnold me entrega um documento. Eu olho, leio... E não acredito no que estou vendo!

— O quê? Mas por quê? Quer dizer, aconteceu alguma coisa com ele?

— Não, não, está tudo bem, não se preocupe.

— Mas por que eu vou me chamar Roger Binet?

— É um pouco por acaso. Roger estava procurando algum trabalho, pediu-me que o ajudasse, e eu tive a ideia de dizer que precisava da sua certidão de nascimento. Só isso. De modo que agora haverá dois Roger Binet.

— Espero que não comecem a me chamar de Robinet...

A lembrança do apelido de Roger faz Arnold rir. Lena não entende o que está acontecendo. E explica por sua vez que encontrou uma família que aceita receber Roger Binet em sua casa, no campo, na Normandia. E essa passa a ser o meu próximo destino.

CAPÍTULO 26
Roger Binet vai para a Normandia

— O trem vai até Évreux. Está escrito no bilhete, você não vai esquecer. Depois, pegue um ônibus até Verneuil. E então, é fácil, pode ir andando, pergunta qual é o caminho até *Candèssiritan*...

Como eu não entendo o nome da cidade — pela pronúncia de Lena, parece uma cidade espanhola —, olho um mapa da Normandia que eu encontrei na casa de David e Maria. A princípio, não vejo nada que se pareça de perto ou de longe com o que Lena disse. Continuo procurando perto de Verneuil... e acabo entendendo: Condé-sur-Iton!

Lena não conseguiu ninguém para me levar até lá, mas acha que um menino de 12 anos, além do mais safo, pode perfeitamente fazer a viagem sozinho. Se ela acha...

O trajeto de trem não é tão difícil quanto na minha viagem a Royan. Não paramos o tempo todo, não precisamos sair correndo por causa dos aviões, mas, como eu não estou tão entusiasmado, a coisa me parece interminável. Minha mãe não me deu bastante comida, e dessa vez se superou, enfiando-me em um trem em pleno mês de janeiro vestindo apenas um pulôver e calças curtas. Estou carregando minha mala, mas sei que dentro dela não há nada mais quente. Nela é que se encontram os documentos atestando minha nova identidade, de modo que eu nunca me separo da minha bagagem. No trem, fico repetindo dezenas de vezes o roteiro da minha vida.

Eu sou Roger Binet, filho mais velho de uma família de seis crianças. Moro em Paris, no vigésimo *arrondissement*, perto da prisão da Santé. Minha mãe se chama Janine, e meu pai, Maurice. Desde o início da guerra, falta-nos comida, e eu, o mais velho, já tenho idade para comer muito bem, de modo que eles decidiram mandar-me para o campo, na casa da minha tia Olga, pensando que lá, pelo menos, haverá do que se alimentar.

Chego à estação de Évreux. Perambulo algum tempo pela plataforma sem saber o que fazer. Acabo entrando na estação e vou até a bilheteria. Um homem de ar altivo me responde:

— Mas o último ônibus para Verneuil já saiu! Devia ter chegado mais cedo. O próximo será às nove horas da manhã.

É evidente que não é ele que vai me ajudar a descobrir o que posso fazer até lá. Nem o que vou comer. Meu estômago se contorce, eu tenho dificuldade de pensar e minha única vontade é sentar no chão e esperar que venham me salvar. Mas não sou mais uma criança. De modo que me recomponho e olho ao redor, esperando encontrar um rosto sorridente que me dê coragem de pedir ajuda. Minha atenção é atraída pelo bar da estação. Minha mãe me deu algumas moedas para o ônibus, e certamente não calculou tão exatamente a ponto de eu não poder comprar alguma coisa para comer e beber.

Sento-me então no bar. Atrás de mim, alguém grita:

— Um Calvados aqui!

Quando o garçom me pergunta o que quero, eu respondo:

— Vou querer um Calvados, senhor, por favor.

Ele me olha com um ar estranho, depois dá de ombros e se volta para preparar minha bebida. Só pelo cheiro eu entendo a surpresa do garçom. Mas tomo um gole, jurando que não vou cuspir... Pois bem, apesar do cheiro forte, o gosto me agrada. E esquenta, o que não é de se desprezar na minha situação. Eu tento me concentrar na bebida e não pensar no fato de que posso passar a noite na rua, de calças curtas, em uma temperatura inferior a zero.

— Muito bem, garoto, parece até que lhe agrada, o Calvados!

É um homem de pelo menos 40 anos, também sentado no bar, que se dirige a mim.

— Sim, eu até gostei.

— Como se chama?

— ... Roger...

Ufa! Apesar do cansaço e do Calvados, até que me saí bem. Hesitei um pouco, mas pode ser botado na conta da timidez. E não acrescentei meu sobrenome, o que não teria sido natural.

— E o que é que está fazendo sozinho aqui, Roger?

— Tenho de pegar o ônibus para Verneuil, mas o próximo é só amanhã de manhã.

— Está vindo de onde?

— De Paris. Minha mãe se enganou sobre o horário dos ônibus, e perdi o que vai para Verneuil. Não tenho onde dormir.

Parece que o Calvados me solta a língua e me dá coragem.

— Basta procurar a Cruz Vermelha. Lá, terá uma cama e o que comer. E amanhã estará em forma para pegar o seu ônibus.

— E onde fica a Cruz Vermelha?

— É no meu caminho. Se quiser, posso acompanhá-lo.

— Agora?

— Ah, não, primeiro vou acabar minha bebida. E você, a sua.

Minhas pernas começam a ficar moles sob o efeito do drinque. Nas poucas vezes em que bebi álcool, logo adormeci. Mas agora não me parece prudente. Peço então um café, com várias pedras de açúcar, e começo a chupá-las para enganar a fome. O homem que vai me acompanhar conversa comigo, enquanto não termina sua bebida... e decide tomar mais uma, a última, prometido. Eu peço mais uma pedra de açúcar. O garçom me dá um punhado delas. Quando meu benfeitor acaba seu último copo, agradece, diz até logo e nós saímos. Lá fora, faço um enorme esforço para não deixar meus dentes baterem e meu corpo tremer. Por sorte, a Cruz Vermelha não fica longe da estação.

No dia seguinte, levanto muito cedo. Continua fazendo um frio terrível, talvez até pior, ou então sou eu que estou mais cansado e menos resistente. Chego à estação com bastante antecedência para ter tempo de comer um croissant com chocolate. Mas antes tenho de comprar a passagem. O homem do guichê parece mais simpático que o de ontem... Mas nem por isso tem boas notícias para mim.

— Na sexta-feira não há mais ônibus às nove horas, e isso já faz muito tempo, meu garoto.

— Sim, mas ontem o homem do guichê me disse que...

— Entendo, mas ele se enganou, acontece com qualquer um. Ele não trabalha às sextas-feiras, não tinha como saber, ou então esqueceu.

— E o próximo, é a que horas?

— A uma hora.

Eu respiro fundo. Queria largar tudo e voltar para Paris. Se soubesse, teria ficado mais tempo na Cruz Vermelha, onde estava quente. Mas ainda assim compro a passagem. Sobra-me dinheiro suficiente para dois croissants e um chocolate. Não estou mais com paciência, já não acho divertido ficar sentado no bar, e o tempo passa muito, muito lentamente.

Finalmente chega a hora. Entro no ônibus para Verneuil, onde preciso apenas caminhar até "Candèssiritan". Sinto vontade de fazer corpo mole, pois afinal de contas fico meio sem graça de chegar assim na casa de pessoas que não conheço e que terão de me hospedar... Mas descubro que o frio é um excelente remédio contra a timidez. Pergunto a uma senhora que viaja comigo desde Évreux se ela sabe como chegar a Condé. Ela diz que há um ônibus que vai até Breteuil; caso contrário, eu posso caminhar até lá, e depois será menos de uma hora até Condé.

— Você vai ver, não é longe. Dentro de duas horas terá chegado.

Eu continuo de calças curtas, a temperatura continua inferior a zero, está nevando e eu não tenho botas. Pergunto-me como é possível que Lena seja da Resistência, confeccione panfletos, cuide de sua distribuição, sem nunca ser apanhada... e não tenha pensado que eu precisaria de roupas mais quentes para viajar de Paris a Condé-sur-Iton em pleno mês de janeiro. Embora a estrada seja bem mais longa do que dissera a senhora da estação e duas horas depois de sair de Verneuil eu ainda esteja caminhando na direção de Breteuil, não consigo encontrar a resposta para o meu enigma.

Em Breteuil, um cartaz informa que Condé fica a 4 quilômetros! Já é quase noite. Eu me sento à beira do caminho, desanimado, mas o frio penetra tão rapidamente em mim que eu percorro essa última etapa do meu périplo quase correndo. Ahm só pode ser Condé-sur-Iton! Vejo uma aldeia com chaminés e fumaça subindo para o céu. Agora, não corro mais, devo estar voando mesmo.

Não há ninguém nas ruas, e eu então bato na porta de uma casa e pergunto onde moram os Buisson. Tenho de descer a rua, em grande declive, e bem no fim virar à direita. É na casa onde fica o café da aldeia. Eu já estava quase esperando que me respondessem que não há ninguém aqui com esse nome. Mas não, as pessoas que terão de me receber, me alimentar e me hospedar de fato existem.

Quando entro na casa quentinha, com cheiro de sopa e frango assado, vejo que as pessoas que esperam me recebem com um enorme sorriso. Elas correm para me buscar um espesso pulôver, gritando:

— Ah, pobrezinho, como deve ter sentido frio!

Sinto-me tomado por um tal bem-estar que de bom grado sairia da casa para entrar de novo mais dez vezes, só para não esquecer nunca mais essa sensação.

CAPÍTULO 27
Roger na casa dos Buisson

Não demora e já me sinto em casa com os Buisson, em Condé-sur-Iton. Com Olga, de rosto redondo e suave, seus cabelos negros muito curtos; Robert, o marido, baixo, rechonchudo e loiro, com forte cheiro de rapé, e que às vezes é meio rude, mas nunca mau; Paulette, a filha, na casa dos 20 anos, muito bonita, com seus grandes olhos sérios; Liliane, de 3 anos, a pequenina de Paulette (o pai foi feito prisioneiro pelos alemães e não se sabe o que aconteceu com ele); e Mémé, a mãe de Olga, avó de Paulette e bisavó de Liliane. Ela é toda encarquilhada, quase surda, mas ri como uma escolar de voz rouca.

Passei minha primeira noite comendo, conhecendo as pessoas, comendo mais, instalando-me em um quarto no qual caí no sono em menos de dois minutos, graças ao cansaço da viagem e ao calor de um tijolo quente enrolado em uma toalha que Olga botou aos meus pés, debaixo do edredom. Nessa primeira noite, eu acordei várias vezes. Pensava no meu périplo. Enfiava o rosto debaixo do edredom quente. Sentia o cheiro da galinha nas mãos. E me lembrava do que dissera Olga:

— Eu sou prima da sua mãe, Janine. Ofereci-me para recebê-lo aqui porque sabia que a vida dela em Paris, com seis filhos, era difícil e que você está em uma idade em que precisa comer bem. Amanhã, começaremos os exercícios. Você precisa aprender a reagir assim que ouvir o nome Roger. Os aldeões têm muito tempo para observar todo mundo e ficar imaginando coisas. A sua história não pode ter nenhuma falha.

Sábado de manhã. Começo uma nova vida. Ajudo na casa, trago lenha, oferecem-me jornais para ler... e de vez em quando alguém diz "Roger" naturalmente, sem gritar, sem exagerar na entonação. Só à noite o meu tempo de reação começa a parecer um pouco natural. É difícil deixar para trás em alguns dias um hábito tão antigo. Mas Olga nunca fica impaciente e dá prosseguimento incansavelmente aos seus "exercícios de adaptação".

Na segunda-feira, sou matriculado na escola da aldeia. Não tenho a menor pressa de começar a frequentá-la, mas Robert acha que não se deve perder tempo e que fazer amigos será bom para mim. Olga me ensina a arte da mentira (o que ainda me serviria muitas vezes durante a guerra): não devemos nunca nos adiantar às pessoas, nem entregar tudo que aprendemos de cor sem que tenham feito perguntas. É preciso ter todas as respostas prontas, mas apresentá-las apenas quando necessário.

No dia em que começo a frequentar as aulas, sou um perfeito Roger Binet. Tenho de me apresentar diante da turma. Digo o mínimo possível. Cheguei de Paris. Em nossa casa, não tínhamos muita coisa para comer. Vim então para a casa da minha tia Olga (que não é realmente minha tia, mas não faz mal). Não, não sinto falta dos meus pais. Talvez um pouco de um dos meus irmãos, o menor. Eu conto rapidamente como é a vida em Paris desde o início da guerra.

Depois de muito pouco tempo, ninguém mais se interessa pela minha vida de antes, eu sou Roger Binet, que frequenta a escola comunitária de Condé-sur-Iton com as outras crianças locais, que mora na casa de Olga e Robert e às vezes ajuda Olga, pois, além de cuidar do café com Paulette, ela trabalha como carteira e precisa de ajuda para distribuir o correio de bicicleta. E que, às terças-feiras, depois da escola sobe a encosta de bicicleta com um reboque para buscar na padaria de Breteuil o pão dos habitantes de Condé em troca das folhas onde são colados os tíquetes fornecidos pelos clientes do café. A princípio, quando Olga me perguntou se eu podia ajudá-la com o correio e a distribuição do pão, fiquei vermelho e tive de confessar que não sabia andar de bicicleta.

— Não tem problema, vou continuar cuidando disso. Quem sabe se Robert não pode ensiná-la?

Mas Robert sempre tem mais o que fazer ou não fazer. No fim das contas, Arnold, vindo fazer-me uma visita-surpresa de alguns dias, é que cuida do assunto. Quando ele se vai, eu estou pronto para assumir a tarefa de Olga.

Também sou solicitado a acompanhar Mémé às quintas-feiras enquanto busca galhos no parque do velho castelo. Existem dois castelos na pequena aldeia de Condé-sur-Iton: o velho, que data do século XII e é habitado pelo "velho conde", e o "castelo novo", do século XVII, onde vive o "jovem conde" e no qual a guarnição alemã está instalada desde o início da ocupação. Eu é que puxo a grande carroça e serro a madeira, mas Mémé é que escolhe os galhos suficientemente mortos para que o guarda florestal nos autorize a levá-los. A quinta-feira é meu dia preferido, pois depois da canseira com a madeira eu tenho direito a beber um copo de cidra com os adultos.

Na escola, o professor chama-se Gérard. Somos cerca de vinte garotos, e em outra casa fica Marceline, a mulher de Gérard, que ensina a cerca de vinte meninas. Na minha turma há apenas meninos da minha idade, que vão à escola mais ou menos a metade do tempo, pois têm muito trabalho a fazer em casa ou na fazenda para estar sempre estudando. Gérard é um personagem animado, que conhece muitas coisas, gosta de conversar com as crianças e prefere deixá-las buscar a solução em vez entregá-la de mão beijada. Eu nunca reclamo na hora de ir para a escola. Mas o que me deixa mais feliz em Condé é a casa dos Buisson, a vida em família. Eu tenho minhas responsabilidades, como os outros — às vezes acho que são demasiadas e me queixo —, mas tenho a impressão de que tudo isso é a "verdadeira" vida, de que é assim a vida normal de uma criança da minha idade.

Na casa dos Buisson, é Olga, a comunista da família, que cuida da minha educação histórico-política. Robert não está nem aí; prefere seu vinho tinto à política. Olga é uma admiradora da URSS.

— Na União Soviética não é como aqui, cada um por si. Todo mundo trabalha pelo bem do país, da nação. Uma das mais belas invenções deles são os kolkhozes. Você já ouviu falar?

— São fazendas, não?

— Fazendas coletivas. As pessoas trabalham juntas, e o que é cultivado é redistribuído. Juntando muitas pequenas fazendas em uma grande, é possível comprar enormes máquinas, que não existem aqui, e com elas fazer a colheita muito mais depressa e sem perder nada. Depois da guerra, eu com certeza quero visitar a União Soviética.

— Parece que o meu pai está lá.

— No Exército Vermelho?

De repente, ouve-se uma barulheira. Parece que alguém está batendo na porta da granja. O rosto de Olga fica tenso. Eu saio correndo na direção da janela do café e puxo discretamente a cortina. Murmuro para Olga:

— É um soldado alemão.

Através da granja é possível entrar no café. Olga manda que eu abra. O soldado entra vacilando, e, mal conseguindo olhar-nos, diz:

— Estou com sede! Quero limonada! Limonada!

— Não fale muito alto, por favor. Primeiro, entre. *Ja, ja*, limonada, vamos trazer.

— Quanto é? Posso pagar com isto?

O soldado arranca uma medalha de guerra costurada no sobretudo.

— Não, não podemos receber isso. É preciso dinheiro, francos!

O soldado dá um grito e depois atira a medalha no chão, começando a pisá-la.

— *Scheisse!* Não serve para nada, nem para limonada!

Ele emenda com o que me parece uma série de impropérios em alemão. E desaba numa cadeira com a cabeça entre as mãos.

— Sabe por que tenho uma medalha?

— Imagino que seja uma condecoração — responde Olga com suavidade.

— Um tanque francês que nós atingimos. Tanque grande. Cinco soldados saem, correndo para todos os lados. Eu então tenho ordem de atirar com metralhadora! Tactactactac! Eu obedeço, dizem: "Atirar!", e eu atiro. Tactactactac! Tactactactac! Todos mortos.

Ninguém diz nada. O silêncio se prolonga.

— Canalha! Eu, verdadeiro canalha!

Ele bebe sua limonada em um só gole. E pede outra.

— Estou indo. Mas... voltarei. Outro dia. Ouvir rádio Inglaterra, BBC. Em alemão. Por favor. É possível?

— Tudo bem.

— Eu, Charlie.

— Eu sou Olga! E ele é meu sobrinho, Roger.

— Obrigado, Olga. Você, gentil.

E nós nos acostumamos tranquilamente a ele, e ele a nós. Aparece duas ou três vezes por semana, depois de fechado o café. Nessas noites, toda a família Buisson ouve o rádio em alemão com Charlie, o austríaco. Ele é simpático, traz presentes, coisas para a família comer, pedaços de granadas para mim, ferramentas, todo tipo de coisas que vai recolhendo aqui e ali em suas patrulhas. Eu sou um dos primeiros a adotá-lo e a esperar suas visitas com ansiedade. Talvez porque eu também seja um adotado. Olga e Mémé rapidamente se deixaram seduzir. Para Robert, é mais demorado. Das primeiras vezes, ele fica em um canto do salão ou sai da casa quando Charlie chega:

— Bom, vamos ouvir o rádio na língua dos boches de novo!

Mas acaba baixando a guarda, e agora muitas vezes termina a noite sentado na mesa da cozinha com Charlie. Os dois bebem uma garrafa de vinho tinto ou de Calvados, às vezes em silêncio, outras, insultando não se sabe quem de comum acordo.

Durante um domingo, Paulette vem convidar-me para ir ao cinema. Parece apressada. Faz muito tempo que eu não vou ao cinema, e acho a ideia excelente.

— O que é que vamos ver?

— Não me lembro mais do título do filme, mas parece que é bom. Rápido, pegue sua bicicleta, temos de ir.

Encantado, eu vou buscar minha bicicleta. Ao chegarmos ao cinema de Breteuil, Paulette se dirige à bilheteria.

— Puxa, Roger. No fim das contas, não é o meu tipo de filme. Como tenho algumas coisas a fazer na cidade, deixo você aqui e volto para buscá-lo depois do filme. Está bem assim?

— Está bem, mas você vai perder o filme.

— Ora, você pode contá-lo para mim depois, pronto.

Foi assim que eu pude ver *O acrobata*, com Fernandel... E vários outros filmes depois. Paulette nem finge mais que quer ir ao cinema. Ela apenas compra a minha entrada, eu lhe conto a história depois, e está bom assim. Ela sempre ouve o meu relato com grande atenção. Eu sei que sei contar bem, mas me parece que de qualquer forma é melhor com as imagens, os atores e a música.

Eu ainda sou pequeno, mas não bobo: Paulette me leva ao cinema para namorar às escondidas! Depois de algumas "idas ao cinema", eu começo a entender o que está acontecendo. É que às vezes, quando estamos em Breteuil, cruzamos com Charlie, que sempre me cumprimenta gentilmente com a mão. Paulette então desvia o olhar. Ou demonstra súbito interesse pelos seixos no caminho. Sua reação não parece lógica. Eu talvez não entenda muito de sentimentos, mas de lógica, entendo. Quando encontramos por acaso uma pessoa conhecida, temos uma reação de surpresa. Que nunca acontece com Paulette. Mesmo quando gostamos muito da pessoa, ficamos pelo menos surpresos ao vê-la. O que não acontece com Paulette. Eu então chego à conclusão de que ela antes já sabia que ele estaria ali. E de que, enquanto estou no cinema, eles se encontram. Mas entendo que preciso ser confiável e não dizer nada a ninguém se não quiser estragar minhas idas ao cinema!

Charlie não é o único soldado alemão a passar noites lá em casa. Há dois outros que aparecem de vez em quando. Meu preferido, depois de Charlie, é Karl, que sempre chega com uma caixa de chocolates para a pequena Liliane. Ela lhe lembra de sua filhinha, cuja foto invariavelmente nos mostra a cada vez. Ele é membro do Partido Nacional-Socialista, em geral chamado de partido nazista. Nunca ouve rádio, vem apenas sentar-se conosco e botar Liliane no colo. E comigo, discute política. Eu lhe explico que os alemães não têm a menor chance de ganhar a guerra.

— Vocês estão ocupando a França e outros países, e por isso as pessoas não gostam de vocês. Inevitavelmente, esses países ocupados vão se unir e botá-los para fora. Stalin é que sairá vitorioso!

— Muito bem, eles nos botam para fora. É triste, pois nós, alemães, queremos apenas construir grande Europa unida com todas as pessoas iguais.

— Mas vocês não podem tornar as pessoas iguais depois de invadir seus países! Ninguém pode ter vontade de seguir o sonho de vocês se isso for algo forçado!

— *Ja, ja,* entendo, mas se... Temos que esquecer os países, as nações. Europa deve ser... É preciso fazer uma grande comunidade europeia.

— Mas ninguém tem vontade de formar uma comunidade com invasores.

E a coisa prossegue assim, toda vez que ele vem. Nós não entramos em acordo, mas eu adoro discutir política com o invasor.

O terceiro soldado que vem ao café é Tomas. Fala francês muito mal, de modo que não sabemos lá muita coisa sobre ele. Eu acabo descobrindo que ele vem da Tchecoslováquia, de uma região onde se fala alemão. Como Charlie, ele vem ouvir rádio, mas não nas mesmas noites.

De vez em quando, recebo uma visita do meu amigo Arnold. Agora ele se chama Roger Colombier, é o marido de uma tal de Hélène Colombier (eles são originários da Alsácia, para justificar o sotaque), que no caso vem a ser minha mãe. Às vezes, eles chegam juntos, mas Arnold também vem sozinho. Quando isso acontece, ele fica vários dias na casa dos Buisson, com quem passa longas noites conversando e bebendo. Para o pessoal da aldeia, nós somos "o grande Roger" e "o pequeno Roger"; vocês podem adivinhar quem é quem.

Depois as visitas de Arnold não acontecem mais. Uma vez, Lena vem sozinha. Eu pergunto por que Arnold não está com ela.

— Acho que ele não virá mais.

— Aconteceu-lhe alguma coisa?

— Não, não precisa se preocupar. Foi na cabeça dele que aconteceu algo. Ele deixou nosso grupo.

— Não está mais na Resistência?

Como acontece toda vez que pronuncio a palavra *Resistência*, Lena não responde. Mas vejo nos seus olhos que ela ficou com muita raiva dele.

CAPÍTULO 28
O diploma

No fim das aulas, tenho de fazer a prova final. De todos os meninos da minha idade, sou o único inscrito por Gérard para o exame. Os outros se atrasaram muito, com todos os dias de aula que perderam. No caso das meninas, há a bela Aline, filha do açougueiro, que também vai fazê-lo. Nós começamos a nos preparar ainda no mês de março. Gérard e Marcelline levam a coisa muito a sério. São várias revisões a serem feitas: datas, lugares, nomes de rios, de seus afluentes, os nomes de todos os reis... Temos milhares de datas históricas para aprender! Às vezes, tenho a impressão de que o meu cérebro fica cheio de informações inúteis, e não haverá mais lugar para registrar o que é realmente importante. Olga me ajuda muito: faz perguntas, anota o que eu não sei e volta a fazer as mesmas perguntas, mais e mais vezes, até que eu dê a resposta correta. Naturalmente, sobra-me menos tempo para brincar ou ler livros, mas eu gosto desses momentos que passo com ela, pois aproveitamos para também falar da guerra, da vida, em suma, de tudo que não consta no currículo escolar.

No dia da prova, Gérard, Marcelline, Aline e eu vamos a Breteuil de bicicleta. Estou nervoso. Tenho dificuldade de ficar parado, roo as unhas, remexo-me na cadeira. Aline também está nervosa, mas no seu caso o efeito é o oposto: ela fica imóvel e calada, parecendo congelada de medo. Há muitas crianças de outras aldeias, algumas parecendo bem mais velhas que nós. Quando sou chamado, por um momento, penso que não vou conseguir me levantar para ir buscar minha folha.

Sento-me e começo a ler. É a prova de redação, e no início eu não entendo nada de nada do que é perguntado. Lembro-me do conselho de Gérard: ponho o lápis de lado, fecho os olhos, respiro lenta e profundamente, abro os olhos e volto a pegar o lápis. Como por magia, tudo é reposicionado na minha cabeça; eu entendo as perguntas, consigo formular minhas ideias com clareza e não me preocupo com o tempo que passa. Depois vem o ditado. E depois da prova de matemática, que de modo algum me preocupa e que eu sou o primeiro a terminar. E a coisa prossegue exatamente assim: perguntas, respostas, reflexões...

Chega então a hora de responder às perguntas diante do examinador. Cálculo mental, prova de leitura e, finalmente, a que mais me preocupa: a prova de canto.

— Roger Binet, o que vai cantar?

— A *Marselhesa*.

Silêncio. Os membros do júri me olham, apertando os olhos, depois se entreolham. Eu consegui o efeito que desejava. Desde o início da ocupação, os alemães proibiram que o hino fosse cantado em público.

— Muito bem. Quando quiser.

É então com muito entusiasmo e grande convicção que eu entoo o hino nacional francês.

Allons enfants de la Patrie
Le jour de gloire est arrivé!
Contre nous de la tyrannie

> *L'étendard sanglant est levé*
> *Entendez-vous dans nos campagnes*
> *Mugir ces féroces soldats?*
> *Ils viennent jusque dans vos bras*
> *Égorger vos fils, vos compagnes!*

Na hora do refrão, eu aumento o ímpeto:

> *Aux armes, citoyens!*
> *Formez vos bataillons!*
> *Marchons, marchons,*
> *Qu'un sang impur*
> *Abreuve nos sillons!*

É possível que eu tenha errado algumas notas. De fato, cantar não é o meu forte. E, por sinal, essa prova me parece perfeitamente idiota. Que pode acontecer se a pessoa for péssima em canto? Por acaso não conseguirá seu diploma? Bom, eu cantei e compensei as hesitações na melodia com o entusiasmo patriótico. Passam-se uns dez segundos sem que ninguém fale, ninguém se mexa. Alguns examinadores inclusive têm um brilho nos olhos. Talvez eu não me tenha saído tão mal assim, no fim das contas!

Terminada a coisa toda, é só esperar pelos resultados. Eu estou sentado ao lado de Aline, de modo que não tenho pressa. Ela recuperou sua personalidade normal e está até animada. Faz-me um monte de perguntas sobre minhas respostas e reflexões, fala de suas dúvidas, dos seus acertos. Eu mal tenho tempo de responder, mas está bem assim, pois adoro observar as diferentes expressões que se sucedem em ritmo assustador em seu rosto rosado, seus olhos reluzentes, suas mãos inquietas.

— Já temos os resultados — anuncia Gérard.

— De ambos — acrescenta Marcelline.

Os dois nos olham muito sérios. Nós paramos de respirar.

— Aline, você ficou em terceiro lugar dentre todos os alunos da região. Já você, Roger...

— Sim?

— Você é o primeiro!

— Parabéns, estamos muito, muito orgulhosos de vocês!

— É verdade, verdade, verdade mesmo?

— Sim, Aline, verdade mesmo. E, para comemorar, vamos levá-los para o restaurante.

Eu não consigo acreditar. Fiquei em primeiro! Mal posso esperar para dar a notícia a Olga. Mas será depois do restaurante, onde Gérard nos serve uma grande taça de vinho tinto e nós quatro brindamos.

— Ergo minha taça a Aline e Roger, de quem tanto nos orgulhamos e que têm um belo futuro pela frente. Parabéns pelo seu esforço e perseverança. Vocês estudaram muito e merecem esse excelente resultado.

E nós brindamos. E comemos. E conversamos. Primeiro, sobre o exame. Gérard ficou muito surpreso com minha excelente nota em canto. Eu me faço de humilde ante meu talento oculto, mas acabo confessando que a nota "talvez tenha sido influenciada por um fator além do meu talento". A escolha que fiz para minha apresentação de canto aparentemente deixa encantados Gérard e Marcelline, que cospe seu gole de vinho quando eu conto a história. Nós erguemos as taças à *Marselhesa*. E depois, deixamos o assunto exame de lado.

— Meu pequeno Roger, fale um pouco da sua família. Você foi mandado para cá para se recuperar, não?

— Sim, minha mãe achava que eu estava muito magro. Dizia que se eu não comesse bem na adolescência, ficaria baixinho pelo resto da vida. E então resolveu me mandar para o campo.

— E quantos irmãos você são?

— Seis, e eu sou o mais velho.

— Ah, sim, seis! Quantas meninas e meninos?

Eu me dou conta de que esqueci partes do roteiro da minha vida. Opto então pelo mais fácil.

— Três meninas e três meninos.

— E como se chamam?

Eu começo a ficar nervoso. Invento nomes que vou ao mesmo tempo tentando memorizar.

— E que idade eles têm?

— Bom, o segundo, Pierre, tem 7 anos, depois, minha irmã... Rolande... Ela tem 4...

Sinto-me acuado. A sensação de euforia causada pelo vinho e os bons resultados nos exames desapareceu. Dei idades muito baixas para os irmãos, não sei como é que vou fazer com os três outros, nascidos já há seis meses quando eu vim para Condé. E meu cérebro está mole demais para que eu me lembre de todos esses nomes e idades. Mas não tenho escolha, preciso continuar. Pierre, tudo bem, é como o irmão do verdadeiro Roger, eu me lembro. Rolande também.

— Depois, vem meu irmão Arnaud, que tem 3 anos. E depois, os gêmeos... Quer dizer, as gêmeas... Margot e Françoise. Elas têm 1 ano... e poucos meses.

O pavor que aquilo me deu! Eu não sabia que era possível ficar sóbrio em tão pouco tempo. Observo o rosto de Marcelline, de Gérard... Aparentemente eles não notaram minha confusão. Parecem com o mesmo bom humor. Não seria de esperar que fossem me entregar à polícia por motivo de idades erradas na família. E a conversa segue por outros assuntos, mas eu não consigo mais recuperar minha despreocupação.

Eu voltaria quase vinte anos depois a Condé-sur-Iton. Foi durante um 14 de julho, o Dia da Bastilha. O açougueiro — o pai da bela Aline — era o prefeito da aldeia. Fomos convidados ao *vin d'honneur* na prefeitura. Um evento dos mais oficiais e patrióticos.

Eu estava sentado ao lado de Gérard, meu antigo professor, que me lembrou dessa história, achando muita graça. E me disse que todo mundo na aldeia sabia que eu estava em Condé para me esconder e que Olga não era prima da minha mãe. Todos sabiam, mas fingiam que acreditavam em mim. Naturalmente, depois daquele jantar regado a vinho da prova final, Gérard e Marcelline passaram semanas se divertindo com a maneira como eu tinha conseguido inventar gêmeas para completar minha família de seis irmãos.

Eu me senti ingênuo. Lembrei-me do pequeno Alain que morava na casa de Aline durante a guerra. Todo mundo sabia, inclusive eu, que ele era um judeu que estava sendo escondido. Mas nunca me passara pela cabeça que todos soubessem da minha situação. Não sei se eles achavam que eu me escondia por ser judeu ou porque meus pais eram comunistas. Mas não importa. O que conta é que ninguém, naqueles anos difíceis para todo mundo, denunciou nem a mim nem ao pequeno Alain. Descobrir isso, vinte anos depois, deu uma dimensão ainda maior às lembranças já tão ternas dos poucos meses passados em Condé-sur-Iton.

Pouco depois de partir, fiquei sabendo também que nossos três soldados do exército alemão voltaram um após o outro para se despedir da família Buisson. Foi um momento de grande comoção. Eles explicaram que logo seriam substituídos por uma unidade de soldados SS, com os quais não seria bom confraternizar, pois eram verdadeiros bandidos. Era melhor servi-los pura e simplesmente e nunca, nunca conversar com eles como os Buisson se tinham habituado a fazer com Charlie, Karl e Tomas — simples soldados da Wehrmacht. Charlie pediu a Robert roupas civis, pois nunca mais desejava ser obrigado a atirar em pessoas e queria ter a possibilidade de desertar. Depois da guerra, ninguém mais teve notícias suas.

CAPÍTULO 29
O menino e a laranja

Eu passo uma parte do verão em Condé, levando minha vida de aldeão normando. Mas sei que terei de partir antes do início das aulas, pois não pretendo parar de frequentar a escola depois do diploma, e aqui não existe um ensino médio. As crianças de Condé que pretendem dar continuidade aos estudos são mandadas para um pensionato. E eu volto para Paris. O que dá certo ar de tristeza ao meu verão, pois, embora esteja habituado a essas constantes mudanças, dessa vez fiquei muito apegado à minha família adotiva.

De todas as pessoas de cuja vida participei durante esses anos, Olga, Robert, Paulette, Liliane e Mémé são aqueles nos quais mais voltaria a pensar depois da guerra.

Mas por enquanto, poucas semanas antes de eu completar 13 anos, terei de voltar à minha vida errante, depois de uma difícil despedida em Breteuil, aonde a família Buisson me levou a pé.

Dessa vez, em Paris, vou para a casa de Francine, Michel e seu filho Pascal. Eles moram na fronteira entre o décimo sexto *arrondissement* e Boulogne-Billancourt. Francine é uma mulher alta e calma, de olhinhos redondos, sérios e doces. Michel é um egípcio de origem grega, cujo olhar intenso a princípio me deixa sem graça. Mas logo eu descubro que por trás dele existe mais curiosidade que julgamento. E o pequeno Pascal não parece muito feliz de me ver chegar à casa deles. Eu tento estabelecer certa cumplicidade, mas logo desisto, pois ele não acha a menor graça nas minhas brincadeiras. Como Olga, eles são simpatizantes comunistas que não entraram para a Resistência, mas se dispõem a ajudar os camaradas que o fizeram.

Primeiro tenho de ser matriculado em um colégio. Não é tão fácil quanto mandar uma criança para a escola de uma pequena aldeia normanda. Dessa vez, é necessária toda uma papelada. Francine já tem seu plano. Ela conhece o diretor do Colégio Jean-Baptiste Say, no décimo sexto *arrondissement*, e pretende valer-se dessa relação.

— É um homem muito simpático, mas que tem princípios dos quais nunca abre mão. É gaullista e não gosta dos alemães, mas tampouco dos comunistas. Acho que se conseguirmos manobrar bem poderemos chegar lá sem ter de falsificar documentos.

— Talvez possamos manter minha história de mais velho de seis irmãos, mudando alguns detalhes — respondi, querendo voltar a utilizar todas aquelas crianças para as quais inventei nomes e idades.

— Tenho uma ideia mais simples. Como o Sr. Couturier é gaullista, diremos que o seu pai ou mesmo os seus pais também são. É melhor apresentá-lo como filho único. Do contrário, ficará mais complicado. De modo que o seu pai, Armand Binet, trabalha em um jornal da Normandia — temos de justificar o pequeno sotaque normando que você tem e o fato de ter concluído o ensino básico em Breteuil. Desde o início da ocupação, ele não tinha mais liberdade para escrever, e então propôs à mulher fugir para a Inglaterra para se juntar ao governo de De Gaulle no exílio. Como a viagem é perigosa demais para levar uma criança, o casal decidiu entregá-lo a mim, que sou, digamos, a prima do seu pai. Que acha?

— Tudo bem por mim. E eu por acaso recebo notícias deles de vez em quando?

— Podemos dizer que elas chegaram algumas vezes, apenas o bastante para saber que estão vivos. Naturalmente, eles ficaram com os seus documentos.

— E podemos mudar o nome do meu pai para Robert Binet? E o da minha mãe para Olga, como na família com a qual eu vivia na Normandia?

— Se você quiser...

— Eu poderia dizer que fui com eles até Dunquerque, mas lá, com os bombardeios e tudo mais, eles preferiram não me levar para a Inglaterra. Puseram-me então no trem para Paris. Eu poderia contar às outras crianças como foram os bombardeios, o medo que senti durante os poucos dias que passei em Dunquerque... E você, Francine, foi me esperar na ferroviária. A qual estação a gente chega quando vem de Dunquerque?

— Ouça, a gente combina as linhas gerais, e os detalhes você resolve como quiser, mas nos mantenha informado de suas invenções. O importante é ter uma história bem montada, e nunca...

— ... se adiantar às perguntas. Eu sei. Mas, justamente, estou tratando de construir bem a minha história.

Nosso plano funciona perfeitamente. O Sr. Couturier fica encantado de poder ajudar pessoas empenhadas em lutar pela França livre.

Eu chego ao colégio três semanas depois de reiniciadas as aulas. No início, banco o misterioso, pois fico pensando que meus pais devem ter-me pedido que nada revelasse sobre sua fuga. Mostro-me evasivo:

— Meus pais não podem cuidar de mim por enquanto, mas eu não posso dizer nada.

Depois, revelo mais alguns detalhes.

— Meus pais estão em Londres. Eles voltarão, mas não sei quando.

Dessa vez, tendo aprendido a lição, eu não deixo ao acaso. Toda noite, antes de dormir, rememoro os detalhes de uma história que ninguém conhece ainda, acrescentando outros. Sei o nome dos meus avós, de onde vêm, a idade exata da minha mãe e do meu pai. Invento antigos amigos, um cão de que gostava muito, mas que teve de ser abatido. Em sua maioria, esses detalhes não serão conhecidos de ninguém, mas eu nunca mais quero ter de improvisar, de novo, toda uma parte importante da minha vida.

Levo várias semanas até fazer um amigo, Jérôme. Enquanto isso, tenho tempo de devorar uma dúzia dos romances de Sherlock Holmes e Arsène Lupin, meus novos heróis. Jérôme e eu nos completamos bem. Ele é um excelente desenhista e muitas vezes me ajuda nesse terreno. De minha parte, eu o ajudo nas redações. Ele é pequeno e tímido, mas acha muita graça das minhas piadas e aceita com entusiasmo minhas propostas de brincadeira. Com os outros, mantém-se de lado, sorri envergonhadamente e se ruboriza com facilidade. Comigo, adora correr, pular, viver aventuras trepidantes — o que não interessa mais à maioria dos garotos de 13 anos, que preferem provocar as meninas, matar aula ou não fazer nada.

O problema com Jérôme é a profissão do seu pai. Ele é policial, e por isso Francine e Michel me proibiram de convidar meu amigo a ir lá em casa. Eu lhe explico que a prima do meu pai e seu marido não gostam muito de criança, que a gente não pode falar alto nem ouvir música na casa deles, que Michel, que é escritor, precisa de um silêncio quase religioso para escrever seus livros.

— Eu realmente não gostaria de morar em uma casa assim. Seus pais não podiam ter escolhido outras pessoas para recebê-lo?

— Eles não tinham muito tempo para resolver a questão... Mas no fundo não é grave, pois fico em um canto, lendo. Não me incomoda não poder fazer barulho.

— Quem sabe você não vem para nossa casa? Eu posso perguntar aos meus pais. Seria mais divertido.

— Ah, não, se os meus pais escolheram Francine e Michel, acho que não ficariam satisfeitos de saber que eu fui viver em outro lugar.

Eu me orgulho da minha presença de espírito. Francine e Michel não são as pessoas frias e distantes que pintei para Jérôme. Embora não seja calorosa como Olga, Francine está sempre pronta para sentar e conversar comigo, e me trata quase como um adulto. Com ela, converso principalmente sobre política. Embora ela seja comunista, tem muitas reservas quanto a certas opções da URSS, ao contrário da minha mãe. Michel e eu conversamos sobre literatura e música. Ele me dá para ler um de seus livros, *Sébastien, o menino e a laranja*, do qual eu não entendo nada. A história... Bem, na verdade, não há realmente uma história... Há alguns personagens, mas, de resto... Michel me explica que o seu estilo é moderno, que é por isso que eu não tenho referenciais, mas que é preciso saber evitar a armadilha da narração tradicional para ir ao encontro da língua e do sentido, ou algo do tipo.

É também Michel que me leva a descobrir a música clássica. Certa noite, os dois estão recebendo amigos para um jantar regado a vinho que se prolonga até tarde da noite. Michel pede que eu dê uma ajuda, cuidando das músicas durante a refeição.

Entrega-me os seis discos nos quais está gravada a Sexta Sinfonia de Beethoven, a Pastoral. Minha missão consiste em reativar o tocador, mudar a agulha quando o som começa a ficar estridente e trocar os discos. Eu passo a noite no meu posto, concentrado nas notas de Beethoven, o grande Beethov, como o chama Arnold. E ele acaba por me vencer pelo cansaço. Não podendo fazer mais nada senão me concentrar na música, tenho de reconhecer, ao fim da noite, que esse tal de Beethoven inventou uns negócios bem legais.

CAPÍTULO 30
Na casa dos Biniaux

O meu primeiro ano de ensino médio acabou. Paris continua ocupada pelos alemães, mas nossa vida de sitiados não é muito diferente de uma vida em tempos de paz, exceto pela comida, que é insuficiente e pouco diversificada (ah, os tupinambores e as rutabagas!). Felizmente, mudei de categoria no cartão de alimentação. Como todos os jovens de 13 a 21 anos, passei para a J3, a melhor opção. Tenho direito a 350 gramas de pão por dia (antes eram 275 gramas, na J2) e a 125 gramas a mais de carne por semana. Leite, não mais, porém tenho direito a 1 litro de vinho por semana! Nada mal, mas ainda assim fico com certa fome me atazanando o tempo todo.

Mais um verão, em 1943, e mais uma viagem para o campo. Dessa vez para Champanhe. A guerra não parece estar perto de acabar; os Aliados desembarcaram na Itália, onde avançam a passos de tartaruga. Eu prego bandeirolas em um mapa da Europa, indicando as cidades libertadas pelos soviéticos. Sei que há camaradas lutando na clandestinidade por isso. São os meus heróis, mais ainda que Arsène e Sherlock. E entre eles está o meu pai, Emil, valoroso soldado do Exército Vermelho.

— Como é que eu vou para Champanhe?

— Lise vai acompanhá-lo, lembra-se? Aquela com quem você foi para Volnay.

— Mas eu vou levar roupas quentes, certo?

— Não sei... Talvez algumas... Não sei.

A viagem de trem passa rápido. Nos breves minutos que passamos sozinhos em nosso compartimento, Lise me explica que muitas vezes ela arranja lugares para receber crianças filhos de clandestinos ou de judeus.

— Quando tudo vai bem, preferimos não mudar a criança, para que ela permaneça o maior tempo possível no mesmo lugar, pois nem sempre é fácil encontrar pessoas de confiança. Mas por outro lado, quanto mais tempo uma criança permanecer, maior o risco de ser localizada. Nós tentamos tomar as decisões certas no momento certo, mas nem sempre é fácil saber...

— E alguma vez aconteceu de... vocês tomarem alguma decisão e depois se lamentar?

— Não temos como saber o que teria acontecido se tivéssemos tomado outra decisão. Mas uma vez, sim, eu lamentei...

Eu espero que ela me conte mais, só que uma mulher entra no nosso compartimento. Nós a cumprimentamos. E Lise começa a contemplar a paisagem com um olhar que me inquieta. É como se um deserto tivesse tomado conta do seu rosto. No fundo, eu prefiro não saber.

Quando o trem para em Épernay, Lise volta ao seu normal. Toma-me pelo braço e se dirige com determinação para o ponto do ônibus. Depois da viagem de ônibus, ainda temos dez minutos de caminhada até a fazenda dos Biniaux. Lise me explica que, se conhece bem o caminho, é por ter levado outro menino, Louis, a esse mesmo lugar algumas semanas antes. Chegando à fazenda, não vemos ninguém. Eu deixo minha mala diante da porta e saio com ela em busca dos Biniaux. Encontramos então Louis.

— Bom dia, menino. Como vai?

— Dia.

— Veja só, agora você terá um amigo. Ele é um pouco mais velho que você, mas vai lhe fazer companhia, não? Ele se chama Roger.

O garotinho apenas olha.

— Vamos, diga onde é que estão o Sr. e a Sra. Biniaux. Você sabe?

O menino faz um sinal com a cabeça na direção do estábulo. É lá que encontramos o casal que me vai abrigar durante o verão.

— Ah, bom dia, Madame Lise! Está trazendo o nosso novo homenzinho? Espero que tenha mais energia que o pequeno Louis! Pelo menos, parece mais vigoroso.

— Não precisa se preocupar, disso eu sei cuidar, estou habituada.

— Louis é muito pequeno, Sr. Biniaux — diz Lise.

— Aqui no campo, aos 8 anos, já se trabalha há muito tempo. Minha mulher vai mostrar ao novo garoto onde ele vai dormir. Como se chama ele?

— Roger...

Eu me instalo no minúsculo quarto no celeiro que vou ocupar com Louis. Com seu rosto pálido e magro, seus cabelos escuros e cacheados, eu desconfio que tampouco esse seja o seu nome verdadeiro.

Já na primeira noite eu me dou conta de que não estou aqui para me divertir. Faço uma boa refeição, mas não o pequeno Louis, pois não trabalhou o suficiente. Dão-me a entender que eu estou sendo bem alimentado esta noite, mas que nos outros dias vai depender do trabalho que eu fizer. Não esperava esse tipo de recepção, achava que as pessoas que recebem crianças refugiadas em casa eram necessariamente boas e generosas. Mas essas parecem sobretudo precisar de mão de obra. Louis não olha para ninguém, não diz uma só palavra durante toda a refeição. E depois vai direto deitar-se. Quando vou juntar-me a ele em nosso reduto, tento puxar conversa, mas percebo, depois de algumas tentativas infrutíferas, que ele está soluçando no travesseiro. O garoto continua assim por mais alguns minutos até adormecer.

Eu me deito de costas. O sono não chega. Nunca vi uma criança tão triste. Por que ele não aproveita o fato de ter agora um companheiro de desgraça? A ideia de permanecer aqui o verão inteiro não me agrada. Eu me consolo pensando que, se trabalhar muito, o tempo passará depressa. Nessa noite, sonho que estou indo de Condé a Breteuil de bicicleta. O pequeno Louis está na carreta de trás, deitado em meio a galhos mortos. Somos empurrados por Mémé, mas ela escorrega o tempo todo, e acabamos todos chafurdando na lama.

Na manhã seguinte, vejo ao despertar que o pequeno Louis não está mais no quarto. Visto-me depressa e desço para a cozinha. Não há ninguém, mas encontro sobre a mesa um prato com um pedaço de pão com manteiga. E um copo de leite. Olho ao meu redor, chamo. Ninguém. Eu então me sento e começo a comer.

— E então, não vai acabar? Vem trabalhar ou não?

Eu me assusto com a voz do Sr. Biniaux. Ainda não acabei, mas me levanto e me mostro disposto a fazer tudo o que ele espera de mim. Minha primeira tarefa consiste em capinar a horta, fixar estacas e cortar os galhos que estejam atrapalhando. Nenhum trabalho pesado, mas tampouco interessante, já que afinal de contas não estou aqui em colônia de férias — isso eu já compreendi.

A Sra. Biniaux é mais amável que o marido, mas não fala muito. Ela rapidamente me explica o que eu preciso fazer e me deixa sozinho com muitas ferramentas que eu não sei manusear. Não vejo Louis o dia inteiro. De vez em quando, a Sra. Biniaux aparece para me atribuir novas tarefas. A cada vez, lança um olhar crítico para o trabalho que eu acabo de realizar. À noite, ainda estou trabalhando no campo, com uma fome de lobo, pois não comi nada desde a manhã. Ninguém vem dizer-me que eu posso parar de trabalhar. Passado algum tempo, decido que não posso fazer mais nada sem ter comido.

Ao me aproximar da fazenda, ouço a voz grave do Sr. Biniaux.

— Indolente! Não presta para nada! Quem foi que me mandou um preguiçoso desses?!

Ele grita tanto, que eu tenho a impressão de que vai quebrar a voz. Depois, estalos, vários estalos, e os gritos do pequeno Louis. Estou com uma enorme bola no estômago, não sei o que fazer, não tenho coragem de ir ver o que está acontecendo, mas tampouco posso me afastar como estivesse tudo normal.

— E você, o que é que está fazendo aí?

É a voz da Sra. Biniaux. Eu me volto. Ela me encara com dureza e depois me faz sinal para entrar na casa. Eu a acompanho, sento-me à mesa e como. Louis chega quando eu estou prestes a terminar. Tem os olhos vermelhos e caminha com dificuldade. Permanece de pé para comer seu pedaço de pão seco.

Já no dia seguinte, relato o que aconteceu em uma carta à minha mãe. Explico que estou preocupado com Louis, que duvido que ele consiga sobreviver a um verão inteiro assim.

E continuo a trabalhar. E o Sr. Biniaux continua a bater no pequeno Louis. Quando consigo escapar do olhar vigilante dos fazendeiros, escondo um pedaço de pão ou de bolo no bolso e o ofereço a Louis à noite, no nosso quarto. Ele continua sem falar comigo e não me sorri, mas me olha com um ar um pouco menos assustado.

Um dia, a Sra. Biniaux me manda colher frutas na grande cerejeira da encosta da colina, dando-me cinco cestos para encher. Uma vez trepado na árvore, eu aproveito a ocasião e como pelo menos tantas cerejas quanto as que coloco no cesto. De repente, ouço o ronco de um motor de avião que se aproxima, cada vez mais forte. Ele passa em voo rasante sobre a colina. É um avião inglês. Mais adiante, vejo um trem parado nos trilhos. O avião passa por cima dele uma primeira vez, segue em frente, faz um movimento circular e volta a passar por cima do trem. A mesma operação é repetida: um segundo círculo, e ele passa por cima pela terceira vez. Enquanto isso, os ferroviários saem e correm para se refugiar no bosque. Quarta passagem, e... **TARATARATATÁ TARATARATATÁ!** E a coisa começa a estourar por todo lado. O trem estava cheio de munições. Eu fico trepado na árvore, assistindo aos fogos de artifício. Depois de voltar à fazenda, continuo ouvindo por muito tempo os vagões explodindo sucessivamente. E levo um pito por ter demorado muito colhendo tão poucas cerejas.

Cerca de uma semana depois, voltando do campo, eu vejo Lise, com o pequeno Louis fortemente agarrado a ela, discutindo com a Sra. Biniaux. Ao me ver, Lise faz sinal para que me junte imediatamente a ela.

— Suba para o seu quarto com Louis. E façam suas malas, rápido!

Eu nem faço perguntas; entendo que é a consequência da minha carta. Nós juntamos tudo que temos, eu na minha mala,

Louis, em um grande saco de juta. E descemos de novo a toda velocidade. Lá embaixo, a Sra. Biniaux parece muito irritada.

— A senhora que explique a situação ao seu marido, quando ele voltar. E não espere receber outras crianças. Acabou. Vamos, meninos, vamos embora.

CAPÍTULO 31
Mont-Saint-Père

Eu continuo em Champanhe. Lise me leva para a casa de um primo seu, que mora em uma aldeia chamada Mont-Saint-Père, e prossegue viagem com o pequeno Louis. Minha nova família, os Brisson, é formada por Albert, o pai — também conhecido como Albert, o Porco, pois é a ele que todo mundo recorre quando é preciso abater um porco —; Yvonne, a mãe; e as duas filhas, Isabelle e Claudine. Pela aparência, as meninas são quase adultas. Minha vida aqui é simples: trabalho algumas horas por dia, segundo as necessidades, e depois posso ir para onde bem quiser e fazer o que quiser. Depois da experiência com os Biniaux, parece até que estou de férias.

Na casa dos Janson, nossos vizinhos, também há duas meninas. Uma grande, que é amiga das filhas dos Brisson, e outra, Suzanne, que tem a minha idade... e que parece encantada com a minha chegada. Toda vez que nos cruzamos, ela me examina com o canto do olho. A princípio não fala comigo, mas logo começa a me fazer perguntas a meu respeito, e depois a falar da sua vida. Apresenta-me a outros jovens, leva-me para visitar a aldeia e cercanias. Para uma menina, ela até que parece simpática, e ainda parece conhecer quase como eu as plantas e os animais. Um dia, ela bate na porta.

— Oi, Roger! Tudo bem? Minha irmã e o amigo dela vão ao cinema, e meus pais me obrigaram a acompanhá-los. Não estou com a menor vontade de ficar segurando vela a noite inteira. Então achei que, como você disse uma vez que gosta muito de cinema, achei que, embora estejamos saindo daqui a alguns minutos, quem sabe você quisesse...

— É pra já.

Suzanne teve de contar sua história em apenas cinco segundos. Quando eu aceito, as rodelas rosadas de suas maçãs invadem todo o rosto.

No caminho, não sei para onde olhar. A irmã de Suzanne e seu "amigo" estão grudados o tempo todo, beijando-se na boca, passando as mãos por toda parte no corpo um do outro... Fico com a maior vontade de observá-los, por fascinação e para aprender um pouco como fazer com as meninas, mas me sinto terrivelmente embaraçado e receio uma reação fisiológica que pudesse ser percebida por Suzanne. Que fala, fala, fala e olha em todas as direções — menos na da irmã.

No cinema, Marguerite, a irmã mais velha, deixa bem claro que temos de nos sentar o mais longe possível dela e do amigo, o que me alivia, pois assim poderei me concentrar no filme.

Ledo engano. Assim que o filme começa, Suzanne se aproxima de mim, um pouco, mais um pouco... Eu tento parecer natural, ao mesmo tempo em que me pergunto se devo apenas deixar ou também participar da aproximação. Mal tive tempo de iniciar minha reflexão, e o rosto dela já está contra o meu, enquanto uma língua quente abre caminho entre meus lábios. Eu não sei se estou gostando, mas tento reagir o melhor que posso com a minha língua aos movimentos do músculo úmido dela. Concentro-me muito para me manter calmo. E para pensar rápido. Chego à conclusão de que não seria fora de propósito colocar minha mão na sua coxa. Começo um pouco acima do joelho, e vou subindo... Merda, eu estava enganado, ela empurra a minha mão. Encabulado, eu esboço um movimento de recuo... Mas então Suzanne pega minha mão e a coloca debaixo da saia! Agora estou em terreno desconhecido. Primeiro, toco um pouco a pele das coxas, mas sinto, por seus movimentos de quadril, que Suzanne gostaria que eu levasse mais longe a exploração. Fico preocupado com o que posso encontrar. Mas que diabos, o amor é como a guerra! Eu enfio a mão mais adiante. Ela geme, mas não me repele. Eu continuo, cuidando de me pautar por suas reações para analisar a pertinência dos meus gestos. Toco a beira da sua calcinha. Ela continua a dar gemidinhos e a me abraçar cada vez mais forte.

Eu não vi nada do filme. E precisei de alguns bons minutos para ter coragem de levantar e sair do cinema. Lá fora, Suzanne me olha com grandes olhos lânguidos que me enchem de um enorme orgulho. Sinto que não me saí muito mal, e pretendo encontrar uma oportunidade de aperfeiçoar meus novos talentos o mais rápido possível.

Dois dias depois, encontro com Suzanne ao voltar para casa com as duas garrafas de leite que me mandaram buscar na fazenda dos Maugout. Ela me observa, desvia o olhar e se afasta sem dizer nada. Eu fico paralisado, sem saber o que fazer, e de repente vejo de novo Rolande no momento da minha chegada à colônia. A maneira como ela se fazia de indiferente e como eu havia lamentado mais tarde não ter insistido. E, então, me atiro.

— Ei, Suzanne, você está muito ocupada? Eu ainda tenho duas ou três coisas para fazer e depois estarei livre. Achei que a gente podia ir à praia. Você quer?

— Bem, eeh, não sei. Bom, tudo bem, sim, por que não?

Eu teria preferido uma reação mais entusiasmada, mas tanto faz, terei de me contentar com esse "sim" sem graça.

Na praia, à beira do rio, eu sinto um mal-estar. Entendo que não podemos repetir aqui o que aconteceu no escuro do cinema, mas tento sentar bem perto dela, fazer com que nossas coxas se toquem. A cada vez, ela se afasta. Sou obrigado a mudar de estratégia. Busco um tema de conversa que a interesse, pensando que então será mais fácil aproximar-me sutilmente.

— Eu já lhe disse que sei falar com os animais?

Ela me olha com uma cara estranha, como se acabasse de descobrir que eu sou um perfeito idiota.

— Quer dizer, de certa maneira... Na verdade, quando eu era menor...

E então paro. Não posso agora explicar-lhe que cheguei a um orfanato francês quando só falava polonês! É a primeira vez em que me aventuro por um terreno tão escorregadio.

— Bem, é só que os animais sempre vinham na minha direção, já cuidei até de uma coruja. Eu tinha uma espécie de dom, e as crianças do meu bairro diziam que eu sabia falar a língua dos animais.

— Ah, legal.

Ufa, escapei por pouco. Eu preciso aprender a não ficar desconcertado com as meninas. Mas ela não parece impressionada. Enquanto busco outro tema de conversa, vejo um destacamento de soldados alemães chegando, todos munidos de toalha de banho. Não é raro que membros do exército venham banhar-se no rio, e ninguém se preocupa com a presença deles. Suzanne levanta-se.

— Bem, como não vamos tomar banho, eu vou voltar.

Era o que ela queria, que nos banhássemos? Por que não pensei nisso? Os dois dentro d'água, de roupa de banho, lado a lado. Mas por que ela não disse? Fico desanimado com minha falta de desembaraço com as meninas. Suzanne já se afastou, e eu não consigo me decidir se vou segui-la ou não. Finalmente, levanto-me para voltar para a aldeia. Percebo então que os ruídos de avião que há pouco ouvia ao longe se aproximam e se tornam cada vez mais ensurdecedores. Vejo uma esquadrilha de aviões ingleses, as famosas viúvas negras de duas fuselagens. Alguém grita:

— Esconda-se, rápido, eles vão atirar nos alemães!

Eu me atiro em um fosso e me faço o menor possível. O tiroteio começa. Está chovendo fogo ao meu redor. Depois de certo tempo, percebo que são obuses que estão caindo. Já tenho experiência da guerra suficiente para saber que se os obuses estão caindo aqui, é que o alvo está mais adiante. Levanto-me, então, para ver o que está acontecendo. De repente, algo horrível e pavoroso acontece! Estou todo ardido, queimando, em todo o corpo! Olho ao meu redor e vejo que, no pânico, não me dei conta de que tinha me refugiado em um campo de urtigas... em trajes de banho!

Atiro-me no rio para refrescar o corpo e esqueço o mal-estar físico ante o belo espetáculo apresentado pela aeronáutica britânica, que bombardeia um trem passando bem do outro lado do Marne.

Pelo fim do verão, sou convocado por Albert, assim como toda a família e vários vizinhos para os quais ele matou porcos durante o ano para a colheita no campo ao pé da colina, bem perto do rio. Fim das férias! Nos primeiros dias, temos de fazer feixes com o trigo ceifado por Albert e amontoá-los para evitar que apodreçam em caso de chuva. Depois, é o transporte: apanhamos um feixe com o forcado, tomamos impulso, jogamos na carroça, apanhamos, damos impulso, jogamos, e assim por diante. No fim do dia, estou morto.

Terminada a colheita, chega a hora das despedidas, pois eu voltarei para o colégio. Fico triste de deixar Mont-Saint-Père e os Brisson, decepcionado por não ter repetido a experiência do cinema com Suzanne, mas louco para retornar a Paris, onde pretendo encontrar uma oportunidade de pôr em prática o que aprendi sobre as meninas.

CAPÍTULO 32
No colégio

Eu recomeço a vida exatamente onde a havia deixado. Estou no sétimo ano, no Colégio Jean-Baptiste Say, onde reencontro meus amigos do ano anterior. Também retomo meus hábitos na casa de Francine e Michel. Quase me sinto desestabilizado com tanta estabilidade. Mas, na minha idade, a gente se habitua a tudo, até à rotina.

Agora tenho um novo amigo, Maciek. Ele faz o mesmo percurso que eu de manhã e à tarde. Um dia, eu o convido para ir ao cinema. Ele nunca tinha ido, e sai dessa primeira sessão com os olhos brilhantes de uma criança que acaba de fazer uma viagem de balão. Eu me torno seu companheiro oficial de idas ao cinema, e, sempre que tem algum trocado, ele me puxa pela manga para irmos lá.

Maciek é filho de camponeses poloneses que se estabeleceram na França pouco antes da guerra. Às vezes, com seu sotaque carregado, ele me fala da sua vida no campo na Polônia, dos cavalos de que cuidava quando era bem pequeno, das montanhas de cumes cobertos de neve, da sopa de beterraba fria e das salsichas. E eu, Roger Binet, finjo que nunca ouvi falar dessas coisas, que não sei nada dos costumes eslavos. O que não é uma grande mentira, pois à parte as palavras que me ficaram da língua dos animais (*tak, nie, gówno* e *królik*) e duas ou três lembranças muito vagas, mas agradáveis de Hugo e Fruzia, não me resta grande coisa do país da minha primeira infância. Desde que eu saí da Polônia com Lena, andei por tantos lugares, levei tantas vidas diferentes, que minha época polonesa me parece quase inexistente. Mas eu gosto de ouvir Maciek falar do seu passado na Polônia, e ele tem grande prazer em me contar, pois sou o único dos seus amigos que demonstra interesse.

Este ano, o professor favorito de quase todos os alunos do sétimo ano é o de espanhol. É um homem muito alto, com braços longos demais, que muitas vezes chega atrasado e sempre consegue capturar nossa atenção começando a aula com um novo "palavrão" em espanhol, que nos ensina com a maior seriedade. Assim, *joder, puta, hostia, cojones, cabrón* e *puñetas* são as primeiras palavras que eu aprendo nessa língua — anos mais tarde, elas ainda seriam praticamente tudo o que aprendi do idioma. Todas as crianças entendem, sem que nada precise ser dito, a importância de se manter com discrição essas nada ortodoxas aberturas de horizontes.

Fora isso, em matéria de professores, não temos muita sorte. Há o de química, o Sr. Masson, detestado por todos por ser de excessiva severidade e terrivelmente frio. Embora consiga com sua atitude ter uma turma mais ou menos dócil, não pode deixar de pagar de vez em quando o tributo do professor detestado: ser vítima de alguma travessura.

Um dia, enquanto o Sr. Masson nos explica algum conceito ligado ao quadro periódico com seu avental branco no anfiteatro, o pequeno Alfred, que já não sabe mais o que fazer para ficar acordado, joga tinta violeta nele com sua pena. Silêncio.

O professor volta-se bruscamente. Fica parado alguns segundos que nos parecem uma eternidade. Olha para Alfred, avança em sua direção — bem depressa, por certo, mas as imagens que guardei da cena transcorrem em câmara lenta. Sem dizer nada, ele o agarra pela camisa e o força a levantar-se. Depois, faz sinal para que desça alguns degraus... e pá! Dá-lhe um pontapé nas costas. Alfred cai, rola pelos degraus e não se levanta mais. Nós todos nos entreolhamos, sem saber se devemos correr para ele ou permanecer sentados. Finalmente o Sr. Masson aproxima-se de Alfred e o vira. Ele está completamente mole. O professor fica vermelho e urra que o menino tem de ser levado para a enfermaria.

Alfred acabou bem, mas o incidente foi fatal para a popularidade do professor de química. Um vento de rebelião sopra em suas aulas. E depois do desmaio de Alfred, seria cada vez mais difícil para o Sr. Masson impor disciplina em suas aulas. De minha parte, eu aproveito as aulas de química para escrever breves relatos, fingindo estar tomando notas com grande atenção. Como sei que nunca vou precisar de química na vida, prefiro valer-me dessas aulas para aperfeiçoar meu talento literário. Desde que entrei para o colégio, minha decisão está tomada: serei jornalista ou escritor. Ou um pouco dos dois. Ciências, portanto, não me servem muito.

Se ninguém gosta do Sr. Masson, no caso do Sr. Vidal, o professor de desenho, a questão é mais pessoal entre nós dois, o que ocasionaria outra perda de consciência. Mas, dessa vez, eu sou o único responsável.

O desenho e as artes em geral não são o meu forte. Não sei por quê, mas entre o que eu imaginei na cabeça e o que aparece no papel existe sempre uma defasagem insuperável. E no entanto eu me esforço um bocado. Mas acho que não está na minha bagagem genética. E o Sr. Vidal... Bem, ele tende a achar graça da minha limitação. Adora mostrar meus desenhos à turma toda, diverte-se tentando adivinhar o que eu quis representar. É muito chato. E humilhante. Assim, com ajuda da má vontade, meus desenhos se tornam cada vez piores à medida que o ano avança. E o Sr. Vidal se deleita cada vez mais.

A crueldade do Sr. Vidal comigo não é o único motivo do meu ódio. É verdade, eu juro! Nas questões políticas, nós também temos visões muito diferentes. Imaginem só que o meu carrasco considera que, em toda a história da França, existem apenas dois heróis que são realmente motivo de orgulho: Joana d'Arc, a donzela de Orleans, e o marechal Philippe Pétain. Joana d'Arc, ainda vá lá. Ela botou os ingleses para fora da cidade de Orleans, o que não é nada mau. Mas, na minha humilde opinião, ela não deixa de ser uma iluminada. Mas o marechal Pétain é, na melhor das hipóteses, um colaboracionista oportunista, e, na pior, um velho fascista e antissemita que precipitou a queda da França para chegar ao poder.

Esse longo preâmbulo é para situar minha relação com o Sr. Vidal e explicar que o ódio que desperta em mim não é decorrência apenas do amor-próprio. Sozinho no meu canto, eu preparo minha vingança. Recentemente, comecei a frequentar com assiduidade as lojas de brincadeiras e tramoias. Agora preciso de novas vítimas para que eu teste minhas aquisições. O Sr. Vidal me parece uma escolha perfeita. Eu hesito entre a bola fedorenta e a almofada que peida, a ser colocada discretamente em sua cadeira antes da aula. Seria divertido, mas não sei... É banal e pouco perverso.

Certa manhã, tomado de uma súbita inspiração, eu lhe assopro nas costas uma grande dose de rapé. Digamos que exagerei um pouco. O Sr. Vidal nem tem tempo de se dar conta do que aconteceu e já está sufocando... Seus lábios ficam azuis e ele cai no tablado, desmaiado. Silêncio na classe. Seguido de intenso burburinho. E silêncio novamente quando o Sr. Vidal se levanta, fica alguns momentos de pé, apoiando-se em uma cadeira, e depois sai. Ficamos todos imóveis, sem ousar imaginar o que vai acontecer então. De minha parte, estou triste. Minha tacada foi mais espetacular do que o previsto, mas, sem saber por quê, não me sinto satisfeito. Apenas preocupado com meu futuro.

Durante longos minutos, nada acontece, mal se ouvem alguns sussurros na classe, papéis sendo amarrotados. E então a porta se abre. É o diretor.

— Acabo de receber o Sr. Vidal no meu gabinete. Suponho que o que lhe aconteceu seja resultado de alguma piada de mau gosto particularmente imbecil. Não saio daqui enquanto não tiver o nome do responsável por essa brincadeirinha asquerosa. Alguém quer se acusar por livre e espontânea vontade?

Silêncio.

— Muito bem. Nesse caso, alguém quer denunciar o culpado?

Longo silêncio.

— Considerando-se a gravidade do que aconteceu, vou-me permitir recorrer a um método que não uso com frequência. Darei mais dois minutos ao culpado para falar ou àqueles que podem identificá-lo. Depois, haverá uma punição muito severa para toda a classe.

Silêncio sepulcral.

Que eu acabo interrompendo, ao fim de uns dez segundos.

— Fui eu...

— Perdão. Pode falar mais alto, Sr. Binet?

— Fui eu.

— É o senhor o culpado, então?

— Sim.

— Muito bem. Venha comigo. Os outros peguem um livro, um caderno, qualquer coisa, encontrem algo para fazer até o fim da aula. Sem bagunça!

Meu encontro frente a frente com o diretor não é dos mais agradáveis. Ele pergunta onde eu comprei o rapé. Eu tento de alguma forma proteger minhas fontes. Meu castigo consiste em três dias de suspensão da escola e um zero em comportamento. Como seria de esperar, essa aventura não melhora propriamente minha relação com o professor de desenho. Mas ele não tem mais coragem de zombar de mim. Limita-se a fingir que eu não existo, o que, no fim das contas, é melhor.

Mas tudo isso não é nada perto da bronca que Francine me passa quando eu volto para casa e comunico que estou suspenso por três dias. Ela fica furiosa! Por mais que eu explique que o Sr. Vidal merecia uma punição e que a coisa acabou não saindo como previsto, ela não se acalma. Considera que, tratando-se de alguém que vive com nome falso e documentos falsos, eu fui muito irresponsável. E ela não está errada. Eu não tinha visto a coisa por esse ângulo.

— Espero que você não tenha dito que foi por causa das opiniões políticas do seu professor que achou graça em vê-lo no chão.

— Não, não, eu não sou nenhum idiota.

— É o que eu me pergunto...

CAPÍTULO 33
Saint-Maur-des-Fossés

Pode até parecer que tem alguma relação com o episódio do rapé, mas Francine garante que não. Um mês depois dos meus três dias de suspensão, ela me informa que eu não vou mais frequentar o Jean-Baptiste Say, que não vou mais morar com ela e Michel, e que ficarei estudando como interno em um pequeno colégio em Saint-Maur-des-Fossés, perto de Paris. Pela primeira vez eu me insurjo contra uma mudança de vida programada pelos adultos para mim.

— Eu estou bem aqui, ninguém desconfia de nada, eu tenho amigos, está tudo correndo bem. Por que terei de mudar de lugar mais uma vez?

— É uma decisão da sua mãe. Ela tem os motivos dela.

— Então ela que venha me explicá-los pessoalmente. Não é ela que toda vez tem de inventar uma história nova e contá-la prestando sempre atenção para não se enganar. Eu quero saber quais são seus motivos, e se não forem razoáveis não vejo por que sair daqui!

Francine não responde nada. Tem o olhar triste. De repente, fico sem graça. E se fossem Michel e Francine que estivessem com medo, que não quisessem pôr a vida de seu filho em risco por minha causa?

— Sabe, sua mãe não faz isso para irritá-lo. Tenho certeza de que um dia, quando você for grande, ela terá como justificar cada um dos seus atos. E não se arrependerá de nenhum deles.

— Mas eu já sou grande, tenho 14 anos! Que ela venha me justificar essas decisões, e se, de fato forem bons os seus motivos, eu irei até o fim do mundo, disposto a re-re-re-repetir minha história ou criar uma nova.

— Ela não pode vir no momento, seria perigoso demais, para ela e para nós. Você precisa confiar sem fazer perguntas. Posso lhe garantir que um dia vai entender depois da guerra.

Lena. Ela não tinha um instinto materno muito forte. Como eu tive várias mães na vida, pude comparar. E sofri com isso algumas vezes, o que sem dúvida influenciou minha opinião sobre ela. Mas seria injusto não falar também de suas grandes qualidades de militante, que são a causa de mais essa mudança na minha vida. Lena era uma grande resistente, afinal. Corajosa. Inteligente. Com forte intuição, o que certamente lhe permitiu sobreviver à guerra.

Uma das estratégias de resistência da minha mãe, segundo me contaria mais tarde, era sempre sair bem vestida, maquiada, perfeitamente arrumada. Na França, as batidas em geral eram feitas por policiais franceses, o que certamente era uma boa tática. Um dia, ela estava na plataforma da estação de metrô quando viu policiais pedindo documentos a todo mundo. Minha mãe tinha panfletos da Resistência na bolsa. Ela não titubeou, saiu correndo para passar na frente dos policiais. E implorava, chorosa:

— Por favor, por favor, senhor policial, estou com pressa, tenho um encontro, estou muito atrasada.

E passou na frente de todo mundo sem precisar mostrar os documentos em meio a piscadelas cheias de subentendidos entre os policiais.

Eu não tenho escolha: preciso me preparar para mais essa mudança. Inventaram outra versão da vida de Roger Binet, mais ou menos entre a que foi arquitetada para a Normandia e a que se destinava a Jean-Baptiste Say. Mais uma vez eu sinto prazer em aprendê-la, acrescentando detalhes da minha própria lavra.

Uma semana depois do anúncio da minha mudança, estou hospedado na casa do Sr. Barbier, um professor de matemática da minha nova escola, o Colégio de Saint-Maur-des-Fossés. Somos uma dúzia de garotos morando no segundo andar de uma grande casa, na qual o professor ocupa o térreo. Nós fazemos todo o possível para não encontrar esse velho senhor mal-humorado com sua barba branca, onde restos de comida descansam invariavelmente.

Dessa vez, meu professor preferido é o de francês, o Sr. Noiret. Ele nos dá livros que realmente nos agradam para ler, e não apenas troços "que devemos ler para ter cultura". E eu descubro que certas leituras obrigatórias podem trazer mais felicidade do que um livro livremente escolhido. Talvez porque não esperemos nada, por estarmos prontos para morrer de tédio. Quando, então, em vez disso, a história nos cativa, ao entramos febrilmente na narrativa, adiando sempre a hora de apagar a luz para dormir, é ainda mais embriagante que com um autor que já sabemos ser do nosso gosto. O Sr. Noiret nos introduz a romances para jovens, mas não para crianças — livros com palavrões, por exemplo. Como *A guerra dos botões*, com esta frase que eu adoro: "Beleza, maravilha, merda, é mesmo incrível", e que se transformou na expressão favorita dos alunos do sétimo ano do Colégio de Saint-Maur-des-Fossés.

Ou as versões abreviadas: "Beleza, maravilha, isso aí" e "Merda, que maravilha". E, naturalmente, acrescentamos um novo insulto ao nosso repertório: "cu-doce."

Estamos enfiados até o pescoço na guerra. É coisa muito séria, com grandes bombardeios e tudo mais. Parece que o fim está se aproximando... e a vitória também. Quando estamos no colégio e ouvimos as sirenes, temos de sair correndo para as trincheiras cavadas no pátio da escola. Às vezes, achamos ótimo fazer uma pausa — parece até o recreio. Por exemplo, da vez em que, no exato momento em que o professor de inglês acabava de me fazer uma pergunta complicada, as sirenes começaram a soar! E na volta para a sala de aula, quando o professor perguntou onde é que estávamos antes do alarme, todo mundo foi sensacional e ninguém disse nada. Mas a coisa acaba sendo cansativa; aqueles longos minutos, todos nós amontoados uns sobre os outros nas trincheiras. Junto com alguns colegas, então, eu trato de fugir discretamente para mergulhar no Marne, pois já deu para ver, com o tempo, que os bombardeios só matam os outros. E, além do mais, não existe o risco de que os americanos comecem a bombardear banhistas! Afinal, durante o dia, são sobretudo os americanos que bombardeiam, de muito alto, com suas imensas fortalezas voadoras.

À noite, na casa do Sr. Barbier, nós descemos para o porão quando as sirenes uivam. Também nesse caso dá para ver que é uma tentativa inútil e, sobretudo, tediosa. Passadas algumas vezes, então, nós vamos para o telhado da casa. De lá, podemos assistir a um magnífico espetáculo: a DCA (Defesa Contra Aviões) ilumina as aeronaves com enormes refletores (à noite, são principalmente aviões ingleses, que voam muito baixo) e atira contra eles. Há também os foguetes lançados para delimitar o território a ser bombardeado...

Muito melhor que fogos de artifício. E às vezes, com alguma sorte, o bombardeio é suficientemente próximo para que tudo comece a tremer ao nosso redor. Nesses momentos, além dos fogos de artifício, temos direito a um parque de diversões. Raramente nos entediamos em Saint-Maur-des-Fossés nesse período de fim de guerra.

Aos sábados, eu volto a Paris. Tomo o trem até a Bastilha, de onde caminho até a casa de Lena (Sra. Hélène Colombier), na Passage Montgallet, no décimo segundo *arrondissement*. Como não tenho amigos no bairro, trato de levar muitos livros.

Também passo o feriado de Páscoa na casa de Lena. Certa noite, ela vem me dizer, arrasada, que Saint-Maur-des-Fossés foi bombardeada! Imediatamente eu penso que a escola pode ter sido atingida e que portanto teremos longas férias. Na verdade, logo me dou conta de que talvez haja pessoas que eu conheço entre os feridos ou mortos, mas quase todos os alunos saíram da aldeia no feriado, e os professores... Claro que eu ficaria triste se um professor tivesse morrido, mas o fato é que a escola atingida pelos bombardeios, com férias forçadas, não seria nada mal!

Só que o que eu imagino é bem diferente da realidade. A escola não foi atingida de perto nem de longe, e as aulas foram reiniciadas normalmente, como se nada tivesse acontecido, já na manhã de terça-feira. Ficamos sabendo pela BBC, nos dias seguintes, que o bombardeio em Saint-Maur fora um erro que os Aliados "lamentavam amargamente"... Como a cidade fica em uma curva do Marne, ela teria sido confundida com Villeneuve-Saint-Georges, que fica em uma curva do Sena e onde há uma grande rede ferroviária.

Um dos meus novos amigos em Saint-Maur é o Periquito. Ninguém sabe se ele é superinteligente ou ligeiramente idiota. Minha teoria é que ele está sempre pronto a bancar o idiota para fazer os outros rirem, só que é bem mais esperto que a maioria dos alunos. Mas juro que às vezes ele realmente interpreta com convicção o papel de idiota. Não importa, a maioria das pessoas gosta muito dele, por ser engraçado. Na escola, ele pode ser o melhor, e às vezes o pior dos imbecis. Como sempre, é difícil entender o que o faz passar assim de um extremo a outro.

Um dia, quando Periquito e eu tentamos resolver um problema particularmente difícil de matemática (em matemática, ele é realmente o melhor), ele para de repente, olha para o alto e exclama:

— Pense bem, Roger, hoje é dia 4 de abril, 4 de abril de 1944. Dia 4 do quarto mês do ano 44. Temos de comemorar!

Decidimos então largar os deveres e fazer algo excepcional. Mas a única ideia que nos ocorre é nos jogar no rio, cujas águas ainda estão geladas.

— Temos de ficar quatro minutos na água, é claro! — decreta o Periquito.

Quatro minutos na água no dia 4 de abril não é tão fácil assim. Mas meu companheiro considera que não temos escolha, se quisermos que nosso ato tenha algum significado. Nós então contamos juntos os 240 segundos, berrando cada vez mais alto para ganhar coragem. E saímos da água exaltados. Rolamos na grama para nos secar, como animais, e voltamos a nos vestir rapidamente, jogando as roupas sobre os corpos cheios de areia. Em seguida, pulamos para nos aquecer, e enfim nos atiramos no chão, exaustos.

— Que ideia espetacular nós tivemos! Imagine só, Roger, podíamos não ter pensado nisso, não termos nos dado conta da data, não ter tido uma boa ideia para comemorar...

— Puxa, teria sido um desperdício.

— Um grande desperdício, meu caro, um verdadeiro desperdício desperdiçado!

Ficamos olhando o sol se pôr sem dizer nada.

— Teria sido ainda melhor entrar na água no exato momento em que o sol desaparece no horizonte — comenta o Periquito.

— Nada é perfeito. Mas sabe o que mais? Devíamos voltar a fazer algo especial, juntos, no dia 5 de maio de 1955.

— Caramba... Mas como assim? Talvez nem nos conheçamos mais...

— Mas podemos marcar um encontro. Nós determinamos o lugar, a data... Bom, a data a gente já sabe. E dessa vez será no pôr do sol.

Eu sinto que a coisa vai tão depressa na cabeça do Periquito quanto na minha, em busca da ideia perfeita.

— Já sei! — diz meu amigo, gritando. — A Torre Eiffel! No alto da Torre Eiffel, no dia 5 de maio de 1955, na hora do pôr do sol. Dentro de onze anos, um mês e um dia.

Tudo acertado. É perfeito. Nós nos olhamos: o pacto está selado.

Eu não iria ao encontro, pois no dia 5 de maio de 1955 sou aluno da Universidade de Moscou. Naturalmente, não seria possível pedir autorização para uma viagem tão "fútil" à França. Eu nunca viria a saber se o Periquito subiu na Torre Eiffel. Mas se eu estivesse em Paris nesse dia não tenho a menor dúvida de que teria comparecido.

Voltemos para 7 de junho de 1944. Primeira aula pela manhã: francês. O Sr. Noiret já está sentado quando nós voltamos, o que não costuma acontecer. Ele nos olha sorrindo, depois assume um ar grave.

— Posso ver, pela agitação de vocês, que já estão a par dos acontecimentos desta noite. Acho que seria bom tomar uma parte da aula conversando a respeito.

Nós concordamos. Em geral, os adultos preferem dizer o mínimo possível, a pretexto de que a guerra não é coisa de crianças. Mas o Sr. Noiret sabe que não somos mais crianças. Embora ainda não sejamos adultos.

— Muito bem. Estão acontecendo no momento coisas de tamanha importância que sobrepujam as matérias escolares e, até certo ponto, mesmo a literatura. Ao menos por ora... Os americanos e seus aliados acabaram de decidir entrar para valer nesta guerra. O que nós esperávamos há muito tempo. Considero que este é um momento histórico, que de certa maneira representa o início do fim para os alemães. Estou dizendo isso, que vocês já sabem, para frisar que foram militares de diferentes países, armados, com tanques, que desembarcaram na Normandia esta noite. Aonde quero chegar? É que eu já tive a idade de vocês, embora talvez tenham dificuldade de imaginá-lo. E eu conheço o idealismo, a vontade de fazer algo importante e heroico pela pátria, uma vontade que pode mover jovens como vocês. Em conclusão...

Ele para e percorre com os olhos toda a classe, detendo-se longamente em certos rostos.

— Em conclusão, quero que saibam que a libertação não vai demorar. Mas também o que quer que possam fazer ou deixar de fazer em nada vai alterar em um minuto, em um segundo o momento em que ela ocorrerá. Peço-lhes, então: não banquem os idiotas! Concentrem-se nos estudos e deixem que os adultos brinquem de guerra.

E ele continua nos olhando com seus enormes olhos cinzentos. Eu sinto que minhas bochechas estão queimando... e minhas orelhas também. E baixo um pouco a cabeça. Pois ele acertou em cheio o Sr. Noiret, terrivelmente em cheio. E eu não creio que seja o único que me sinto visado. Vejo à minha frente outras cabeças baixas. É verdade que eu tinha pensado nisso, que tínhamos conversado entre nós, nas noites de bombardeios, bem instalados no telhado da nossa pensão. Que tínhamos sonhado com isso... Eu tinha inclusive um plano bem preciso. Teria apenas de encontrar um oficial alemão, chegar por trás dele sem que me visse, arrancar sua arma, matá-lo e então partir à caça dos soldados alemães. Parecia-me natural participar da libertação da França, contribuir com minha parte.

Pergunto-me quantas vidas o Sr. Noiret não terá salvado nesse dia.

CAPÍTULO 34
A libertação em Champanhe

O verão chegou, as férias começaram e eu estou feliz por voltar a Paris, onde espero encontrar-me no momento em que a cidade for libertada. Eu entendi perfeitamente o que o Sr. Noiret disse, e não tenho intenção de me meter nessas coisas, mas quero assistir ao espetáculo de camarote. Pelo menos é o que desejo.

Mal cheguei à casa da minha mãe e ela me anuncia que no verão eu voltarei para a casa dos Brisson, em Champanhe. Agora já é demais, ela está exagerando. Parece-me que um dia ela terá de começar a levar em conta a minha opinião nas decisões que me dizem respeito. Mas Lena é inflexível.

— Você vai, está tudo resolvido.

— E se eu não quiser?

— Você vai querer. Não é nenhuma proposta, é uma ordem. Você vai.

A discussão segue noite adentro. Dois dias depois, eu tomo o trem até Épernay. Depois outro até Mézy-Moulins, onde Albert me espera com sua charrete.

Na casa dos Brisson retomo meus hábitos do verão anterior. Reencontro Suzanne, que me exibe sorrisos que me parecem no mínimo encorajadores. Mas, quando a convido para ir ao cinema, ela me olha com ar estranho e diz que não pode. E fica plantada diante de mim, olhando-me com olhos arregalados. Eu arrisco um "Talvez outro dia, então?", menos por acreditar realmente do que para quebrar o silêncio. Ela dá de ombros e se afasta sem responder. Terei de me resignar nessas férias; nada de beijos quentes no cinema. E não é Suzanne que vai me ajudar a entender as mulheres.

Albert acha que já estou crescido o bastante para acompanhá-lo à casa de aldeãos que querem transformar seu porco em presunto. Durante a Ocupação, é ilegal abater, vender ou comer porcos, pois devem ser reservados para o ocupante alemão. Mas quem haveria de denunciar Albert ou aqueles que o solicitaram? Como tenho experiência no abate de coelhos, não fico nem impressionado demais nem enojado com todo aquele sangue. Só os gritos do animal degolado é que me abalam. E o que mais me agrada são as deliciosas costeletas levadas para casa, com as quais Yvonne prepara para nós um autêntico banquete.

Logo abaixo da aldeia, os alemães estão posicionados para vigiar a represa. Com o prolongamento da guerra, eles até que se viram bem em francês. Eu faço amizade com um tal de Dieter, com quem jogo dados (nossos alemães são excelentes companheiros de jogo, pois em geral nada têm a fazer). Ele também me ensina a pescar com granadas — há muitos peixes no rio. Então, quando fico entediado o dia todo, peço a Dieter que me acompanhe na pesca e leve alguns peixes para os Brisson — e faz as vezes de meu professor de natação.

Eu estou no meio de uma refeição, sentado à mesa da sala de jantar dos Brisson, quando fico sabendo pelo rádio que há uma insurreição em Paris. A polícia, sentindo a iminência da libertação, começou a atirar nos alemães. O pessoal da oposição, tanto comunista quanto gaullista, juntou-se a ela. Os alemães são mortos ou detidos. Paris arquiteta sua própria libertação. Nós passamos o dia e uma parte da noite ouvindo as notícias na BBC.

Champanhe, por sua vez, continua ocupada. Mas dá para perceber, pela tensão cada vez mais palpável, que é apenas uma questão de tempo. Os soldados alemães saem cada vez menos de suas cabanas, o que me priva de minhas partidas de dados ou da pesca com Dieter.

Certa noite, eu acordo sobressaltado. Ouvem-se clamores, tiros, ruídos de passos. Eu ouço gritos de *Schnell, schnell* e outras ordens que não entendo. Corro para dar uma olhada pela janela. São soldados alemães aparentemente chegando de toda parte ao mesmo tempo e que vão confiscando por onde passam tudo que possa vir a ser útil: cavalos, bicicletas e até burros. Eles continuam gritando, desfilando pela aldeia a noite inteira, e desaparecem pouco antes do alvorecer.

Pela manhã, tudo está silencioso em Mont-Saint-Père, que parece ter sido atingida por um furacão. Os soldados não fizeram mal a ninguém; queriam apenas encontrar veículos ou animais para escapar. Albert olha ao redor com ar desanimado, depois se vira para Yvonne e diz:

— Posso apostar que foram os últimos soldados alemães a passar por aqui.

E ele tem razão.

Dias depois, ouvimos os tanques americanos do outro lado do Marne. Eu me pergunto se eles não vão nos esquecer, pois, embora estejam bem perto, nada parece indicar que um dia passarão por aqui.

Por volta do meio-dia, a floresta no alto da colina parece ganhar vida. De todos os lados, vemos pessoas saindo do bosque, e mais, e mais. Algumas delas eu reconheço do verão anterior, embora não tivesse voltado a vê-las desde a minha volta a Champanhe, ou seja, elas estavam escondidas no bosque com os *partisans!* O grupo se dirige para a represa, na direção da cabana dos alemães. Estão todos armados de fuzis. É a guerra, claro, mas ainda assim eu preferiria que esses alemães com quem conversávamos fossem poupados, os alemães com os quais eu havia pescado, que nunca fizeram mal a ninguém aqui. Tenho a sensação de que, atrás de mim, a aldeia inteira está paralisada.

De repente, os alemães saem da cabana de mãos para o alto, gritando: *Hitler, kaput!*, e é o caos! Alguns *partisans* são contidos em seu avanço por esse grito anti-hitlerista, mas outros, pelo contrário, parecem estimulados, como se fosse uma afronta. Avançam ainda mais decididos. O líder do grupo chega diante de um alemão. Começa por lhe dar um pontapé, e depois outro. O alemão nem se mexe. Ouço atrás de mim uma voz de mulher:

— Não os matem!

— Não lhes façam mal! — acrescenta outra.

O jovem *partisan* hesita. Outras vozes se elevam, todas implorando clemência. O rapaz dá um último pontapé, mais forte que os anteriores, e se afasta, irritado. Em seguida, os *partisans* conduzem os alemães em direção à aldeia. Quando eles estão na rua principal, eu me aproximo de Dieter. Sinto-me embaraçado por vê-lo assim ao meu lado, humilhado, com as mãos na cabeça. Ele me dá um grande sorriso. E eu respondo com um sorriso tímido.

— Você sabe por que nós ainda aqui?

— Humm... Não.

— Porque nós, não bobos. Nós, inteligentes.

E ele dá uma risadinha para em seguida prosseguir:

— Nós um dia vamos receber telefonema. Um dia, com certeza. Telefone para dizer ir para a frente de batalha, encontrar exército alemão e continuar guerra. Nosso sargento, com certeza, quando ordem chega, obedece. Então, em segredo, cortamos fio de telefone... E sargento espera telefonema. E espera. E espera. Mas telefone nunca toca.

E então ele cai na gargalhada. Como um aluno que aprontou uma para o professor.

Eu continuo diante de Dieter, rindo com ele, quando ouço ao longe um ronco. Que vai aumentando. Junto com outros meninos, corro até o alto da colina. De lá, vemos uma dezena de tanques americanos se dirigindo para a aldeia. Nós descemos, gritando:

— Os americanos estão chegando! Os americanos estão aqui!

Euforia total. Toda a ansiedade e a tensão contidas há alguns dias, talvez semanas, explodem em gritos de alegria, cantos. Todo mundo pula, se abraça, dança. E eu entendo que finalmente aconteceu, que enfim estamos libertados! Ao longe, um primeiro tanque americano aparece na entrada da aldeia. Os *partisans* empurram os alemães da represa na direção do tanque, que tem de avançar a 5 quilômetros por hora para não esmagar as pessoas aglomeradas na rua. O oficial americano que recebe os alemães nem se dá ao trabalho de olhar para eles. Pouco está ligando para esses poucos germânicos que não representam perigo algum.

Agora, a aldeia inteira está na rua, cercando os tanques americanos, que não têm mais como avançar. Albert, o Porco, me chama à parte e me dá as chaves do porão.

— Vá buscar garrafas de champanhe, o máximo que conseguir.

Levo alguns instantes para entender o que me é pedido. Desde que voltei para a casa dos Brisson, vigora uma seca total de champanhe.

Mas, de vez em quando, Yvonne perguntava a Albert se estava certo de que não restava ainda um pouco. Eu não entendia por que ela continuava insistindo tantas vezes, eu achava aquilo muito estranho. Era porque ela conhecia bem o marido e devia suspeitar que ele havia guardado alguma reserva para o fim da guerra.

— Vamos, que é que está esperando, precisa ser empurrado para se mexer?

— Não, não, já estou indo...

Eu encho cestas com as garrafas e as vou levando aos poucos para Albert. E ele as distribui para que todos tenham o prazer de jogá-las para os libertadores. Os americanos também nos jogam muitas coisas: chocolates, cigarros e sabonetes (do verdadeiro, que faz espuma!). Uma das coisas mais desagradáveis dessa guerra era o sabão. Havia apenas aquele troço cinzento e argiloso que não fazia espuma. De modo que sabonetes de verdade, ainda por cima perfumados, significam para mim um indício inequívoco de que a guerra de fato terminou.

De longe, vejo Albert apontando para mim. Alguém corre na minha direção:

— Você fala inglês, não é mesmo?

— Bom, eu aprendi um pouco no colégio, sim.

— Então, um deles, o coronel, está dizendo coisas em inglês que ninguém entende e aparentemente quer que encontremos um intérprete.

— Eu não falo muito...

— Certamente não há aqui ninguém que fale melhor. De qualquer maneira, é apenas para entender o que ele diz, você não terá de falar.

E eu sou levado à presença do coronel.

— *Hello, my boy. So you're the one who speaks English, that's right?*

Caramba! Eu sabia que os americanos tinham sotaque, mas tanto assim! Não entendi nada, só *Hello* e *English*, o que, no entanto, basta para que eu responda um pequeno *Yes* tímido.

— *Okay, so can you explain to these people that I would like to eat some eggs?*

Eu devo ter feito uma cara de completamente perdido, pois ele logo acrescenta articulando de forma exagerada:

— *To eat.* FRESH EGGS!

Agora eu entendi, *eggs*, não há a menor dúvida, ele está falando de ovos. Eu me viro para Albert para explicar que os americanos querem comer ovos. Albert faz um sinal com a mão e me pede que diga que eles podem acompanhá-lo a sua casa.

— *You come. This is Albert. Come with Albert for eggs.*

Uma coisa está clara: eu nunca serei intérprete.

Estamos então com uma dezena de soldados americanos à nossa mesa. Yvonne faz omeletes para eles, enquanto Albert serve champanhe a todo mundo. Quanto mais avança a noite, menos os meus serviços são necessários, pois quanto mais bebem, mais os americanos e os franceses conseguem se entender.

E foi assim que o avanço norte-americano se deteve em nossa aldeia. Durante a noite, alguém tenta explicar aos estrangeiros que há tanques alemães bem perto daqui, a cerca de 4 quilômetros — *four kilometers*, que eu traduzo apontando na mesma direção que o informante.

— *They wait for you* — acrescento, conforme me é pedido.

— *Well, they can wait* — responde o coronel. Em seguida, ele sai com seu rádio e discute alguns minutos. Ao voltar, pede que lhe sirvam mais champanhe.

Cerca de uma hora depois, aviões passam acima da aldeia. Depois chega até nós o ruído de metralhadoras, acompanhado de explosões, vindo da direção que eu havia indicado ao coronel americano. Parece que os tanques alemães não estão esperando mais.

Dois dias depois, quando os ianques por fim decidem deixar nossa aldeia tão acolhedora, chega um automóvel, um Citroën Traction preto, que para diante da casa dos Brisson. Nele se lê a inscrição FTP, de "Francs-Tireurs et Partisans". E então entendo que vieram me buscar.

Corro para fazer a mala e rapidamente dou a volta na aldeia para me despedir de todo mundo. Yvonne me abraça muito forte, mas não consegue, apesar de evidentes esforços, conter as lágrimas. Albert me toma nos braços e diz:

— Roger, você trabalhou muito bem conosco. Merece uma recompensa.

Ele se afasta em direção à casa, com um passo pesado e lento, apesar da impaciência demonstrada pelo pessoal da FTP. Traz-me como lembrança um pesado saco de batatas que certamente agradará a Lena. Eu dou os últimos beijos em Yvonne e Albert e entro no grande automóvel preto. Estou um pouco triste por partir, mas também ansioso por chegar à Paris liberta.

CAPÍTULO 35
Paris liberta

— Você não está entendendo?! Eu perdi tudo, tudo! Perdi a insurreição de Paris. Eu bem que sabia que tinha de ficar aqui, que não podia ser mandado para a Champanhe!

Eu acabo de chegar ao apartamento de Lena.

— Bom dia, querido.

— Sinto muito... Bom dia, Lena.

— Sim, é verdade, você perdeu, mas correu tudo muito bem sem você.

— Eu não sou idiota! Queria apenas ter estado aqui, ver toda essa agitação, não sei... Afinal, era um momento histórico! E o perdi por sua causa!

— Você viveu muitos momentos históricos desde que nasceu. E aqui era muito perigoso. Foi por isso que o mandei para a Champanhe.

— O quê?

— Eu sabia que haveria uma insurreição. E também sabia que você, como qualquer garoto da sua idade, teria vontade de participar. No fim das contas, foi tudo bem, mas tivemos sorte. E houve muitas perdas, centenas de mortos. Não valia a pena arriscar tão tolamente a sua vida, quase no fim da guerra.

Seu discurso me lembra o que o Sr. Noiret nos fez em sala de aula. Só que minha mãe faz parte da Resistência, arriscou a própria vida. E com certeza, por esse simples fato, a minha também. Mas agora é tarde demais, está feito, Paris foi libertada.

Lena me entrega um paletó azul-marinho:

— É para você. Vista.

Eu olho para ele: é o paletó dos FTP! Sinto-me meio impostor nessa roupa, mas o orgulho que me invade é mais forte. E quando caminho pelas ruas de Paris recebo cumprimentos e o sorriso benevolente das pessoas. Eu sou um herói de guerra.

A vida não é mais perigosa em Paris. Os alimentos ainda estão racionados, é verdade, mas não precisamos mais nos esconder, não corremos mais o risco de ser presos. Como eu volto a estudar em Saint-Maur-des-Fossés, mantenho minha identidade de Roger Binet. Não sei por quanto tempo ainda poderei viver assim, pois, quando eu quiser me matricular em algum colégio aos 16 anos, alguém pode se dar conta em algum lugar de que existem dois Roger Binet nascidos em Versalhes no dia 3 de agosto de 1929. Por outro lado, se eu retomar minha identidade de Julian Kryda, não tenho nenhum documento provando que fui aprovado nos primeiros anos de colégio, nenhum estatuto jurídico na França. Toda vez que falamos a respeito com Lena, nós nos vemos diante de um impasse, e minha mãe sempre adia a decisão sobre o assunto.

Eu a convenci a não me mandar para o barbudo do Sr. Barbier. Ela encontra um lugar para mim no campo, na casa dos Dluski: Ostap, Stasia e seu filho Wiktor. São pessoas que Lena conheceu no Partido Comunista na Polônia. No início da ocupação, eles moraram por algum tempo conosco na Rue Aubriot, depois de serem advertidos por ela de uma batida que deveria ocorrer no bairro onde moravam.

Cerca de uma semana depois da minha chegada a sua grande casa, Wiktor, que agora tem 6 anos, se aproxima de mim e fica me olhando durante muito tempo.

— Sabe, eu conheço um garoto que parece muito com você. Muito, muito. Mas ele não tem o mesmo nome.

— Ah, é? E como é que ele se chama?

— Jules. Eu já morei com ele, e ele brincava comigo, exatamente como você faz. Você por acaso não o conhece?

— Pois é, imagine só, eu o conheço. É o meu irmão. Nós realmente nos parecemos muito.

— E onde ele está agora?

— Ele frequenta a escola em outra cidade, e por isso não pode morar aqui.

— Um dia, eu gostaria que ele viesse. Gostaria de brincar de novo com ele.

— Prometo que direi isso a ele.

Pois é, eu sei, a ideia do irmão não era lá muito genial. Nem eu acho que realmente convenci o pequeno Wiktor. Mas eu não podia dizer a verdade. Ele é muito pequeno; seria muito grande o risco de que não guardasse segredo, e como agora eu era Roger Binet para todo mundo... Tendo mentido tanto durante a guerra, foi essa mentira a Wiktor que eu achei mais difícil. Provavelmente porque percebi que não acreditava em mim e estava decepcionado por ver que eu mentia, logo eu, a quem ele considerava um amigo.

Nos dias de folga, eu volto para a casa de Lena, pois tenho muita coisa a fazer em Paris. Agora sou oficialmente membro do Movimento Jovens Comunistas da França (MJCF). Todo domingo distribuo nosso jornal. Percorro ruas, parques, entro nos prédios e grito:

— Comprem, leiam *L'Avant-Garde*, o jornal dos jovens comunistas da França! Comprem, leiam *L'Avant-Garde*, o jornal dos jovens comunistas da França!

Descubro que tenho talento para vendedor, e logo sou designado responsável pela venda do jornal no terceiro *arrondissement*.

Certo domingo, durante uma manifestação da Juventude Comunista, eu marcho orgulhoso com meu cartaz "A França para o povo", quando de repente ouvimos no céu um assobio ensurdecedor, assustador. As pessoas param, estarrecidas, olhando para cima. Alguém grita:

— São os V2, corram!

(Os V2 são mísseis alemães que podem alcançar Paris a partir da Holanda. É uma nova arma que os germânicos mal começaram a utilizar, e Hitler está convencido de que lhe permitirá ganhar a guerra.) A multidão é tomada de pânico, todo mundo corre por todas as direções em busca de abrigo. Nós estávamos acostumados aos alertas de bomba. Entretanto, com esse barulho tonitruante fica difícil não ter a impressão de que, dessa vez, Paris inteira vai explodir.

É escuro no meu refúgio. Somos sete ou oito pessoas aqui, entre elas, bem ao meu lado, uma menina mais ou menos da minha idade. Eu consigo distinguir seus olhos assustados. Sorrio para ela. Ela tenta fazer o mesmo, mas seus lábios tremem. De repente, não ouvimos mais o assobio. A menina olha para mim, ainda mais preocupada. Então eu me aproximo, abraço-a. E há uma explosão bem ao longe. Depois, as sirenes dos veículos de emergência, cada vez mais forte. Movido por um impulso que me vem não sei de onde, eu colo minha boca na da menina. Nenhum movimento que denote algum recuo de sua parte. Pelo contrário, ela relaxa nos meus braços.

As pessoas estão correndo pela rua. Eu e minha companheira de abrigo nos olhamos e tacitamente decidimos deixar que os outros cuidem da urgência da situação para possamos continuar a nos conhecer. Ficamos cerca de uma hora junto ao portão, e quando a calma retorna ao nosso redor nos separamos sem nos lembrarmos de dizer nossos nomes.

CAPÍTULO 36
O fim da guerra

Início de maio de 1945. Dia de folga. Eu pretendo participar da grande manifestação do 1º de Maio, mas, por enquanto, estou refestelado na minha pequena cama de acampamento instalada no único cômodo do apartamento de Lena.

Ouço o ruído de passos no corredor. Um passo pesado, lento e sincopado. Levanto-me às pressas quando ouço baterem à porta. Lena abre, fica paralisada, leva a mão à boca, tira-a, permanece imóvel por mais alguns instantes e acaba gritando:

— Arnold!

— Arnold? Está enganada. Sou eu, Roger Colombier. E então, como vai minha mulher, Hélène?

É de fato ele. Nós não o víamos há... quase três anos? Nem sabíamos se estava vivo. E ele já chega fazendo brincadeira. Depois, Lena e ele começam a falar em polonês. E então Arnold olha para mim. Silêncio. Vejo que está emocionado. Ele me estende os braços. E eu vou com toda a rapidez que meu corpo de adolescente me permite.

— Meu pequeno Roger!

— Meu grande Roger!

Eu tento fazer gracejos, como ele, mas não é fácil. O grande e imponente Arnold não tem muito mais que a pele sobre os ossos.

Está usando o uniforme listrado de prisioneiro de campo de concentração. A gente desconfiava que ele podia ter sido levado para lá, e a boa notícia é que está vivo. Mas eu não esperava vê-lo tão magro.

— Vamos, meu pequeno Roger, vá se vestir imediatamente. Vamos para a manifestação.

Enquanto eu me preparo, Lena lhe oferece chá e biscoitos. Uma vez pronto, eu me sento à mesa, pego alguns biscoitos e observo Arnold. Ele emagreceu, evidentemente, mas o mais duro de ver são seus olhos. Seus grandes olhos azuis que sempre tinham um brilho levado tornaram-se... não sei... apagados. Tristes. Não, abatidos.

— E então, já está pronto? Está demorando! Você vem conosco, Lena?

— Não, tenho de esperar Annette, prometi que iríamos juntas. Mas não esperem, *nie czekajcie na mnie*.

Eu caminho na frente, ao lado de Arnold, com outros prisioneiros que fugiram dos campos, todos usando o uniforme listrado. Toda a França parece estar desfilando nas ruas de Paris, da Praça da Bastilha à da Nação. Eu me orgulho de estar aqui, no meio dos que tinham razão, daqueles que souberam, arriscando a própria vida, escolher o lado certo. Sentimos uma grande emoção, uma exaltação na multidão. Tenho a sensação de que meu coração vai explodir, me dá vontade de correr para que os movimentos do meu corpo correspondam aos batimentos do coração. Mas eu não quero me afastar de Arnold.

Semanas depois quem volta é Geneviève. Igualmente magra com o mesmo olhar que Arnold. Eles nos contam o que lhes aconteceu, mas sem muitos detalhes.

Arnold ficou preso no campo de Buchenwald. Eu finalmente entendi por que Lena havia suspendido os contatos com ele: ele havia abandonado a Resistência para enveredar pelo mercado negro. Por esse motivo é que foi detido. Os alemães nunca souberam que ele era judeu e comunista. Uma vez no campo, seu conhecimento do francês, do polonês, do alemão e do russo lhe permitiu desempenhar um papel importante. Graças à sua formação de engenheiro de rádio, ele conseguiu construir com cristais um pequeno emissor que lhe permitia ouvir a BBC. Em seguida, apresentava as notícias da frente em um boletim clandestino que distribuía aos outros prisioneiros. Ao voltar, certos membros do Partido Comunista não quiseram que ele fosse readmitido, por sua deserção da Resistência. Por fim, acabaram sendo convencidos por outros a aceitá-lo de volta, ao considerando que ele se redimira com seu trabalho clandestino no campo.

Geneviève, depois de ser encarcerada em duas prisões francesas, foi mandada pelos alemães para Ravensbrück, um campo de mulheres onde as condições eram muito difíceis. Ela ficou na companhia de criminosas, prostitutas, católicas, judias. E pouquíssimas comunistas. Embora não tivesse ninguém com quem falar sobre política, Geneviève ficou fascinada com aquela pequena sociedade formada por mulheres tão diferentes. E isso é tudo o que ela relata.

Dia 8 de maio de 1945. A Alemanha assina sua rendição. Durante algumas semanas, há festas e manifestações quase todo o tempo. O país comemora. Muito comovido com os relatos de Arnold e Geneviève, eu me ofereço à Juventude Comunista para ir buscar nas estações ferroviárias os prisioneiros que voltam dos campos. Eles precisam receber bilhetes de metrô, comida, um pouco de dinheiro, e os mais fracos devem ser ajudados a chegar ao seu destino. Às vezes são recebidos nos escritórios do

Movimento da Juventude Comunista da França, enquanto não encontram familiares ou amigos que possam hospedá-los.

Em sua maioria, as pessoas que chegam dos campos já foram atendidas, alimentadas e recobraram um pouco de forças antes de voltarem à França. E os que são recebidos por mim não parecem aqueles esqueletos vivos que veríamos mais tarde, quando as fotos tiradas por jornalistas no momento da liberação dos campos começam a aparecer.

Geneviève e Arnold encontraram um pequeno apartamento. No primeiro dia das férias de verão de 1945, convidam alguns antigos membros do Futuro Social com os quais conseguiram retomar contato para uma festa em sua casa. Somos no total seis, entre os quais... Rolande. Com sua irmã Élise. E Philippe. E um tal de Christian, mais velho que eu, que veio de uniforme militar, pois deverá partir para a Indochina no dia seguinte. E Daniel, que eu considerava um dos "pequenos" na época, e que agora tem 12 anos.

Rolande continua bela, mas agora com uma segurança e uma irreverência que me agrada. Depois da colônia, ela foi viver na casa de uma tia na Vendeia. Mas não era feliz lá. Pouco antes da libertação de Paris, conseguiu fazer com que uma carta chegasse a Simone, uma das nossas antigas inspetoras no Futuro Social, que concordou em recebê-la em sua casa. Ela teve, assim, a enorme sorte de vivenciar exatamente o que eu ficara tão infeliz por ter perdido.

Christian, nas vagas lembranças que tenho dele, era um menino solitário e calado. Agora, fala demais. Não conta grande coisa da sua vida durante a guerra, preferindo falar da Indochina, onde considera que é necessário defender a qualquer preço a administração da colônia francesa, o que rende uma longa discussão que Geneviève decide encerrar antes que as coisas se degenerem, com um delicioso bolo de cenoura.

Philippe adicionou ao seu estilo uma camada de cinismo, que no fim das contas acaba sendo irritante. Ele conta que convenceu os pais a deixá-lo entrar para a Resistência. Serviu como mensageiro no fim da guerra, quando as notícias precisavam ser transmitidas com grande rapidez, e escreveu artigos para o jornal *Défense de la France*. Está decidido a se lançar na política ao concluir seus estudos.

Eu opto por omitir que, durante uma parte da guerra, vivi com nome falso — o nome que todos aqui conhecem. Por uma noite, portanto, eu volto a ser Jules — Julot, para Geneviève. Quando Rolande pergunta se alguém teve notícias de Roger e Pierre Binet, eu sinto uma coisa estranha. Mas ninguém sabe o paradeiro deles.

Todos esses relatos nos levam noite adentro e acabamos dormindo na casa de Geneviève e Arnold.

CAPÍTULO 37
Um retorno

Dias depois, Lena entra no apartamento com uma expressão que eu nunca vi em seu rosto. Tem lágrimas nos olhos e mal consegue respirar.

— Que foi que aconteceu?

— Ah, meu Julek, *mój kochany!* Você não sabe de quem recebi notícias...

— Não...

Ela se senta. E começa a chorar. E depois a rir. Eu já estou me preocupando com sua saúde mental, quando ela acaba por me dizer:

— Recebi uma carta do seu pai. Através de Anna. Recebemos notícias de Emil.

Toda vez que eu lhe fazia perguntas sobre Emil, Lena me dizia mais ou menos a mesma coisa: ele era soldado no exército russo e estava combatendo na frente. Agora, na torrente ininterrupta de palavras que sai da boca de Lena, eu entendo que na verdade há vários anos ela não tinha nenhuma notícia dele, não sabia sequer se estava vivo, nem se tinha recomeçado a vida, ou se ainda pensava em nós. E agora, ficar sabendo que ele estava vivo, que voltara para a Polônia e movera mundos e fundos para retomar contato conosco, era para ela algo inesperado.

— Ele voltou para Varsóvia e foi à casa de Fruzia, que tem o endereço da irmã deles, Anna. E então ela enviou a carta.

— E o que ele diz na carta?

— Espere, vou fazer uma tradução rápida: "Meus caros Lena e Julek, vocês provavelmente estão se perguntando se eu ainda estou vivo. Sim, estou. E acabo de voltar para a Polônia, onde soube que vocês estão na França. Quero voltar a vê-los. Tenho muitas coisas a contar, demais para escrever aqui. Escrevam-me para dizer se voltarão para a Polônia agora que a guerra acabou. Um abraço muito apertado, Emil, o fantasma."

Lena e eu ficamos sentados alguns minutos sem dizer uma só palavra. Na minha cabeça, as coisas estão indo rápido demais. Eu nunca voltei a ver Emil desde que fiquei sabendo que ele é o meu pai. Mas sempre simpatizei com ele; talvez pudesse até dizer que me sentia próximo a ele. Ao mesmo tempo, que proximidade poderia restar de uma época em que eu tinha 4 ou 5 anos de idade, agora que eu tenho 15? Muitas vezes me perguntei se voltaria a vê-lo, esperando que isso acontecesse, mas duvidando cada vez mais. Não posso dizer que senti falta dele; eu ficava mais triste quando pensava em Fruzia e Hugo. Mas o certo é que eu nunca pensei em voltar a viver na Polônia, um país cuja língua não falo mais. Agora sou um autêntico francês, nacionalista até.

— Teremos de pensar. Não agora, mas em breve. Se queremos voltar para a Polônia.

— Você pode fazer o que quiser, mas eu fico aqui. Eu sou francês. No ano que vem, tenho que começar a pensar no vestibular, e não vou para a escola na Polônia, nem pensar.

— Eu entendo. Mas vamos pensar e voltar a discutir. Está bem?

Dois dias depois, Lena me faz uma proposta irrecusável. Vamos passar as férias de verão na Polônia. E depois, voltaremos a Paris, exceto se ambos decidirmos ficar na Polônia. Ela me apresenta um argumento pesado: nossa viagem será feita em um avião de guerra soviético.

Andar de avião! Só por isso já vale a pena. E no fundo eu estou contente por essa oportunidade de voltar a ver Emil, Fruzia e Hugo. Partiremos alguns dias após o feriado de 14 de julho.

É o primeiro Dia da Bastilha do pós-guerra. Em Paris, o desfile é grandioso, quase monstruoso. Eu tenho muito orgulho, pois é minha a oportunidade de desfilar ao lado de um soldado americano. Não sei como, mas ele foi parar alguns dias antes na casa de Tobcia e Beniek. Como se chama Rappoport, fico achando que é algum primo distante de Lena e suas irmãs. Com Tobcia e minha mãe, ele fala iídiche. Mas comigo fala em inglês. E é assim que eu me pego, em pleno feriado nacional da França, falando em inglês com um primo americano.

Quatro dias depois, em 18 de julho, Annette vem nos buscar, Lena e eu, para nos levar ao aeroporto de Bourget, onde levantamos voo para a Polônia, sentados no chão de um avião de guerra soviético sem assentos, um Tupolev. Há também outras pessoas, uma dúzia de passageiros no total. O avião decola, ergue-se pesadamente do solo, sobe, desce de novo um pouco, volta a subir. Os motores fazem um barulho ensurdecedor, impedindo qualquer conversa até que o avião atinja velocidade de cruzeiro, bem alto no céu. Nós somos sacudidos, jogados, empurrados. Eu observo Lena, e tenho certeza de que durante toda a guerra, ao longo de todos esses anos de vida clandestina, ela nunca sentiu tanto medo. A expressão *branca como a neve* cabe perfeitamente aqui, e eu bem que gostaria de ser mais original, mas às vezes é preciso render-se aos clichês.

Uma vez posicionados acima das nuvens, é possível falar com nossos companheiros de viagem. Eu converso sobretudo com uma senhora polonesa, Sophie, que participou das Brigadas Internacionais na Espanha. Ela me conta a guerra que viveu, muito diferente da minha.

Nós sobrevoamos a Alemanha. Chegamos à Polônia. O avião começa a perder altitude. Lena recobra sua cor de alabastro. Cada um tenta encontrar um pedacinho de janela para ver nossa chegada a Varsóvia. O clima está esplêndido, ensolarado, e a vista é perfeita. Quando a cidade aparece, todo mundo para de respirar. É terrível. Irreal. Não resta mais nada da cidade. Nada. Ruínas, apenas ruínas para todo lado. Não existem palavras capazes de descrever, relatar o que estamos vendo, todos nós, ao mesmo tempo. Alguns choram em silêncio.

Aterrissamos no aeroporto de Varsóvia e somos levados para o Hotel Polônia, primeira parada obrigatória das pessoas que não têm para onde ir nessa cidade devastada. Sabendo que Emil conseguiu encontrar Fruzia e Hugo, e é para a casa deles que vamos. Em frente ao hotel, há muitas charretes puxadas a cavalo, com cocheiros que apregoam o destino:

— *Na Zoliborz, na Zoliborz! Na Prage, na Prage!*

Nós tomamos uma que se dirige para *Joliboge* (segundo ouve meu ouvido francês).

O caminho mais direto passa pelo gueto de Varsóvia. Ou pelo que resta dele. Não creio que pudéssemos ter um choque pior do que o sentido durante a descida de avião. Mas é possível. A cidade está completamente devastada, mas restam alguns prédios aqui e ali, e as ruas ainda existem, delimitando o espaço. No gueto, mais nada. Nem sequer as ruas. Tudo foi esmagado, arrasado. O cavalo toma uma espécie de caminho que foi criado por força das passagens por entre os escombros. Um forte cheiro de cadáver toma conta das nossas narinas. Uma camada de poeira flutua acima das ruínas.

O prédio onde eu passei minha infância polonesa não foi destruído. Curiosamente, Zoliborz parece ter sido poupada. Eu me sinto completamente mole por dentro. Conheço cada degrau da escada. Sei que eles são vinte entre cada andar. Resisto à vontade de contá-los. As paredes envelheceram, naturalmente, mas certas marcas que as fendiam ainda estão presentes, mais profundas. As escadas estão cheias de escombros. Nós subimos até o último andar e batemos à porta do número 23.

Hugo vem abrir. E fica paralisado com a mão na boca, exatamente como Lena da outra vez, diante do grande Arnold emagrecido. Seria este o gesto mais comum, mais repetido dos fins de guerra? Ele chama Fruzia. Que grita, aparentemente hesitante entre se atirar no pescoço de Lena, abraçar-me (mas eu estou crescido, e ela não sabe onde enfiar o braço) e desmoronar, chorando. Ela opta então por uma mistura da primeira e da última opções, e desmorona chorando nos braços de Lena. Hugo fala comigo. Lena acorre para explicar o inexplicável: eu não falo mais polonês. É pelo menos como eu interpreto sua frase, diante do ar bestificado de Hugo e Fruzia.

Uma pergunta me queima a língua: Hugo terá recebido o isqueiro que lhe mandei no início da minha estada na França, como parte da estratégia para informá-lo do meu sequestro? Lena não se lembra mais dessa situação e transmite candidamente minha pergunta a Hugo. Que sacode a cabeça. Aqui, não há necessidade de tradução. Quantas vezes Lena não me terá traído assim?

Em uma parede da cozinha, uma grande inscrição em preto: *Kapitan Michal Gruda*, com o número de seu posto militar.

Meu pai passou certa vez no apartamento de Hugo e Fruzia quando não havia ninguém e deixou essa mensagem. Lena começa a rir.

— Eu me perguntava como é que haveríamos de nos chamar agora. Pois bem, acho que está resolvido! Como seu pai ainda se chama Gruda, você voltará a ser Julian Gruda, como ao nascer.

Embora esteja contente de rever Hugo e Fruzia, eu me entedio na sua presença, pois a conversa é difícil, e eu não gosto de precisar o tempo todo de recorrer à minha mãe, suspeitando que ela não traduza exatamente o que eu digo, nem o que dizem meus antigos parentes. Estou louco para caminhar em Varsóvia ou no que resta dela. Mas entendo que depois de todos esses anos de separação não se pode simplesmente tomar chá durante vinte minutos e ir embora. Então eu ouço, tento ver se consigo extrair desses longos desfiles de palavras algumas que me sejam familiares. Hugo aparentemente se dá conta do meu tédio. Em certo momento de silêncio, olha para mim, dá uma piscadela, levanta-se e se retira. Eu me volto para Fruzia, que dá de ombros, como para me dizer que não tem a menor ideia do que ele foi fazer. Hugo volta com algo que parece uma foto e me entrega. Meu Deus! Eu nunca soube se ele tinha pagado ao fotógrafo; estava certo de que essa foto nem fora revelada ou recebida. Estão todos ali, os amigos da minha primeira vida. E eu também, bem no meio, muito sério, eu, um simples e pequeno polonês vivendo com aqueles que julgava serem seus pais. Eu seria capaz de dizer os nomes de todas as crianças da minha idade. Passo um bom momento examinando a foto, comovido.

Fica decidido que Lena e eu permaneceremos aqui até nos apresentem uma solução. Para que eu possa passear sozinho na cidade, Lena escreve para mim em uma folha: *Mieszkam na Zoliborzu, WSM, Kolonia 5. Przepraszam, ale nie rozumiem po polsku*. Tradução: "Eu moro em Zoliborz, WSM (Cooperativa de Habitação de Varsóvia), Colônia 5. Sinto muito, mas não entendo o polonês." Depois de alguns dias, não há mais necessidade do papel, já consigo pronunciar essas duas frases.

É no apartamento de Hugo e Fruzia que Emil aparece por volta do início do mês de agosto. Abraços meio desajeitados em Lena. Eles se olham longamente, sem dizer nada. Por onde começar, depois de todo esse tempo? O silêncio parece-me uma boa solução. Eles se abraçam uma segunda vez, um pouco menos desajeitados, com um pouco mais de ternura. E então Emil se volta para mim. Sorri. Aperta os lábios, fecha os olhos, como se quisesse conter as lágrimas. Depois, aproxima-se e começa a falar comigo.

— *Przepraszam, ale nie rozumien po polsku* — respondo com meu forte sotaque francês, mas bem orgulhoso de ter aprendido tão prontamente um pouco de polonês.

Parecia que eu acabava de lhe anunciar a morte de toda a sua família! Nunca vi alguém mudar tão rapidamente de humor. Seus olhos se arregalam, cheios de horror. Ele se vira para Lena e começa a gritar com ela, mas gritar para valer!

— O quê? Ele não fala mais polonês? Mas o que deu em você? Realmente, eu estava preparado para todas as eventualidades. Que meu filho estivesse aleijado. Mutilado. Que estivesse desfigurado. E até retardado. Mas nunca, nunca poderia ter imaginado que não entendesse mais polonês. O que é que você tem na cabeça? Como é que permitiu semelhante coisa?

Que belo reencontro para um casal que não se vê há dez anos, não?

No dia seguinte, Lena me informa que Emil virá me buscar e que nós tomaremos um trem. Ele quer percorrer comigo os lugares onde trabalha. Espera assim conhecer-me melhor e construir comigo um vínculo de pai e filho. De minha parte, nada contra. Foi em um trem que fiquei sabendo por Lena que era filho dela. Parece-me então apropriado que Emil tente tornar-se meu pai em um trem.

Ao chegar, Emil tira de um saco um uniforme de soldado do exército polonês e me pede que o vista. E veste seu uniforme de capitão (do exército polonês, pois nunca esteve no Exército Vermelho, como dizia minha mãe). Parece que será mais fácil viajar com um uniforme do exército. E é como soldado que eu saio pela primeira vez com meu verdadeiro pai.

CAPÍTULO 38
A viagem com Emil

Embarcamos em um trem cheio de militares poloneses e russos. Meu pai conhece alguns deles, apresentando-me com uma mistura de orgulho e embaraço por causa da minha deficiência linguística. A viagem parece interminável, e eu não aguento mais sacudir a cabeça toda vez que alguém se dirige a mim, fingindo entender o que estão dizendo. O trem avança em velocidade de lesma, parando no campo, parando em cada estação. Soldados embarcam, soldados desembarcam. Mais tarde, meu pai me explicaria que a viagem de Varsóvia a Poznań, que normalmente dura três horas, durou quase vinte.

Meu sentimento em relação a Emil é ambivalente. Eu não o conheço, não tenho nenhuma ligação com ele, mas não deixa de haver em mim uma coisa qualquer, uma sensação de reconhecimento. Eu tenho tanta vontade de saber quem é esse homem, o que ele pensa, como se expressa! Noto que muitas vezes ele faz os outros soldados rirem sem no entanto bancar o palhaço. Posso intuir uma inteligência aguda, uma grande sensibilidade. Em suma, não me falta tempo para observar aquele que eu sei que é o meu genitor.

Finalmente chegamos a Poznań. Somos recebidos na estação por uma oficial. Ela está acompanhada da filha, Basia, que tem mais ou menos a minha idade, bonitinha, com um rosto redondo enfeitado por duas covinhas e olhos amendoados. Nós nos acomodamos em seu pequeno apartamento de dois quartos. Por quanto tempo? Não tenho a menor ideia. A menina e eu não podemos dizer nada um ao outro, pelo menos com palavras. Encontramos, então, outra linguagem, mais tátil. Até agora, estou achando ótimo viajar com meu pai.

Ficamos alguns dias em Poznań. No início, eu achava que Emil estaria aqui em missão militar. Entretanto, como passamos a maior parte do tempo no apartamento dessa senhora, eu acabo entendendo que sua missão é de natureza mais pessoal que profissional.

Certa manhã, Emil vem me buscar. Nossa estada em Poznań terminou. Eu visto meu uniforme de soldado, arrumo a mochila, dou um último beijo em Basia. Seguimos para a estação, onde pegamos o trem para Breslávia. Chegamos no meio da noite, depois de uma longa viagem. Há vários grupos militares na estação. Tanto russos quanto poloneses. Meu pai se dirige a um grupo de poloneses. Depois, faz-me sinal para que eu o acompanhe a um canto afastado, onde nos sentamos no piso de cimento. Meu pai me explica alguma coisa, sempre em polonês, pois não aceitou que eu não entenda nada dessa língua. Eu adivinho que vamos passar a noite aqui. Improviso um travesseiro com minha mochila e, depois de uma boa hora, consigo adormecer. Não sei quanto tempo eu dormi até o outro trem entrar na estação. Militares desembarcam. Emil conversa com eles cerca de quinze minutos. Depois volta a se sentar ao meu lado. Eu adormeço de novo. Mais um trem chega, com mais soldados. A mesma história se repete: meu pai levanta-se, todos eles se reencontram, conversam... Dessa vez, ele volta ao meu encontro e faz sinal para que eu me levante.

Todos os militares empunham suas pistolas, e nós saímos juntos da estação. Na cidade, nenhuma luz, à parte alguns clarões de vez em quando, acompanhados de explosões. Ouvem-se tiros isolados. Eu tenho a impressão de que o anúncio do fim da guerra não chegou aqui. Nós avançamos lentamente em Breslávia. Um grupo, parecendo também formado por militares, aparece no escuro, em uma esquina. Nós imediatamente paramos. Todos os soldados apontam as pistolas. Passam-se longos minutos. Durante todos esses anos de conflito, eu nunca vivi nada que se parecesse tanto com a verdadeira guerra. E me acontece exatamente quando ela acaba. Ou pelo menos eu achava que tinha acabado.

Passado algum tempo, um homem se destaca do nosso grupo. Ele segura uma lanterna de bolso, com a qual ilumina o próprio rosto. Diante dele, um soldado avança na nossa direção, igualmente projetando a luz de uma lanterna de bolso em si mesmo. Os dois se encontram. Todos os olhos estão voltados para eles. Trocam documentos. Finalmente, apertam as mãos e se abraçam. Risos dos dois lados, e todo mundo guarda sua arma.

Nosso emissário volta para avisar que se trata de um destacamento de soldados russos, e não alemães, como havíamos temido. Nós avançamos na direção deles, todo mundo apertando as mãos, dando tapas nos ombros. E o nosso grupo se afasta na direção do hospital da cidade, onde Emil e eu nos instalamos.

Meu pai está muito ocupado no hospital, embora eu não entenda a exata natureza de suas atividades. Ele visita os doentes, em sua maioria soldados feridos, conversa com eles, preenche papéis, discute com a direção do hospital.

Desde o início da nossa viagem de trem, eu não me sinto muito bem. Tenho dores por todo o corpo, uma sensação de fraqueza. E agora não dá mais para aguentar. Minhas articulações estão doendo muito, e eu tenho dificuldade cada vez maior para caminhar. Emil, que aparentemente não leva muito a sério o meu estado, tenta cuidar de mim com doses de vodca. Mas acaba se rendendo às evidências: acredite ou não na gravidade da minha doença, eu estou a ponto de mal conseguir botar um pé diante do outro. Sem chegar a ficar propriamente preocupado, ele vê que não pode mais me forçar a acompanhá-lo, e que precisa cuidar do meu caso e me levar a um médico. Arrasta-me até um automóvel, conseguindo fazer-me entrar com grande esforço. Eu não me sinto bem em posição alguma, tenho a impressão de sentir dores o tempo todo, em todo o corpo.

Não sei por que Emil não me leva simplesmente a um médico do hospital de Breslávia em vez de me transportar nesse estado, em viagem de várias horas de carro, até a cidade de Łódź, onde sou conduzido diretamente ao hospital militar.

O médico que me examina estudou em Paris e fala francês fluentemente. Que bom! Ele adora quando eu falo gírias, embora não entenda tudo, e por sua vez fala um francês incrivelmente cheio de gírias para alguém que enrola tanto os *r*. E, se por um lado ele aprende novas expressões parisienses, de outro, eu aos poucos volto a aprender o polonês, com a ajuda de gentis enfermeiras que diariamente me instalam por algumas horas em um aparelho que aquece. Mas as minhas dores não passam.

Uma das primeiras palavras polonesas que eu aprendo no hospital é *pluskwa*. Nós somos uma dezena de pacientes no mesmo dormitório. Na hora de dormir, na minha primeira noite por lá, meu vizinho de cama tenta me explicar alguma coisa, gesticulando muito. Eu entendo *noc* (noite) e algumas outras palavras, mas não a mensagem como um todo. Uma palavra volta periodicamente, o famoso *pluskwa*, mas eu não tenho a menor ideia do que se trata.

Quando todo mundo está deitado, as luzes são apagadas. Apesar das dores, eu tento encontrar uma posição confortável na cama. Momentos depois, as luzes são acesas e os pacientes se levantam de um salto e começam a dar chineladas na cama. Eu sou estimulado a fazer a mesma coisa. Começo então a fazê-lo sem grande entusiasmo, e vejo que começam a aparecer manchinhas vermelhas no lençol. Eu então entendo: *pluskwa* significa "percevejo de cama". E todas as noites temos de repetir a operação, pois é evidente que não é um método eficaz para se livrar definitivamente desses insetos.

Passados alguns dias, meu médico me informa do diagnóstico: reumatismo articular agudo.

— Puta merda! De onde é que vem isso?

Ele examina atentamente o fundo da minha garganta.

— Suas amígdalas parecem sadias. Vamos extraí-las.

— O quê?

— Calma, vamos resolver suas dores! Muitas vezes é uma bactéria de amigdalite que ataca as articulações. Vamos, é para já, embora a enfermeira esteja de folga.

E foi assim que eu me vi como assistente da minha própria operação. O médico explicou que precisava absolutamente da minha ajuda, pois não havia enfermeiras em número suficiente no hospital. Ensinou-me o nome de todos os instrumentos, explicando que eu deveria passá-los à medida que ele fosse pedindo.

— Se você se enganar de instrumento, será muito ruim, pois posso estragar a operação. Você tem de se concentrar. E darei apenas uma anestesia local para que fique bem consciente. Acha que é capaz?

— Claro.

— Não vai sentir medo?

O orgulho me impede de demonstrar o pavor que me toma. Na hora, eu não entendo que o método tem como objetivo fazer-me esquecer o medo e a dor, pois de fato faltam enfermeiras e ele não dispõe de nada para me anestesiar eficazmente. Pouco importa: eu levo minha tarefa muito a sério e minhas amígdalas são extraídas quase a sangue frio, sem que eu seja sequer amarrado, sem sofrer tanto. Afinal, estou concentrado no meu trabalho de assistente, pois qualquer erro da minha parte poderia ter graves consequências.

— Está vendo suas amígdalas? Elas parecem perfeitamente em ordem. Espere um pouco, vou cortá-las...

Eu observo com atenção. O interior das minhas amígdalas está purulento. É nojento imaginar que eu tinha isso na garganta há não sei quanto tempo.

— Está vendo? Eu tinha razão. Você logo se sentirá melhor, mas o que teve foi uma doença cruel; ela lambe as articulações, mas morde o coração.

— Como assim?

— Seu coração precisa ser poupado. Você terá de esquecer os esportes, escolher um trabalho que não exija esforços físicos, em um escritório, com a bunda na cadeira.

— Mas por quê?

— Seu coração certamente foi atingido. Sendo assim, ele será sempre fraco.

Mas eu não tenho a menor vontade de passar a vida inteira com a bunda na cadeira. Quero tornar-me um grande jornalista que viaja pelo mundo para fazer reportagens.

CAPÍTULO 39
E agora?

Como previu o médico, minhas dores articulares logo desaparecem. E eu volto a ficar em forma. Decido então não ouvir os conselhos do médico, não permitir que essa doença idiota, que durou apenas algumas semanas, sele o meu futuro.

De volta a Varsóvia, chega a hora das grandes decisões. Minha mãe prometera que nós voltaríamos a Paris, mas eu percebo que ela não tem mais essa intenção. Agora que a Polônia é comunista, Lena sente que aqui é o seu lugar e não tem a menor vontade de voltar a um país que não é. Inicialmente, eu fico furioso, pois se vim com ela até aqui foi unicamente porque ela prometera que eu poderia voltar a estudar na França. Ao mesmo tempo, é natural que ela queira viver com meu pai. Como ele trabalha no exército polonês e não fala uma palavra de francês, estaria fora de questão que fosse viver na França.

Decido então voltar sozinho. Considerando-se que não tenho passaporte, nem francês nem polonês, terei de tomar certas providências administrativas. Escrevo a Tobcia, pois é a única pessoa em cuja casa eu poderia viver. E enquanto espero sua resposta, dou início aos procedimentos para conseguir meus documentos.

A resposta de Tobcia demora a chegar. A solicitação de documentos se revela de uma incrível complexidade. Enquanto isso, Lena leva adiante com muita persuasão sua campanha de propaganda.

— Do que você vai viver? Se eu lhe enviar zlotys, você não terá o que fazer com eles. E eu acabo de encontrar trabalho em Łódź. Nós poderíamos viver lá algum tempo, você iria à escola em polonês. Łódź não está tão destruída quanto Varsóvia, lá será outro clima.

Eu traduzi esta conversa para deixá-la na mesma língua que o resto do relato, mas Lena agora fala comigo em polonês, pois eu já entendo quase tudo. Mais uma vez ela consegue me convencer. Não estou certo de querer ficar para sempre na Polônia, mas percebo que por enquanto uma volta à França seria irreal. Depois de adulto, se ainda tiver vontade, poderei fazê-lo. Para cursar a faculdade, por exemplo.

Nós recebemos um apartamento de dois cômodos em Łódź, onde meu pai, que tem de viajar de cidade em cidade para o trabalho — ele agora é comandante e dirige uma organização que ajuda os soldados inválidos em decorrência da guerra a se reintegrarem à vida civil —, vem nos visitar de tempos em tempos. Eu sou aceito na escola, embora não tenha nenhum documento, já que estou longe de ser o único nessa situação. Para me matricular, basta dar o nome, a data e local de nascimento. Os dirigentes sabem que um dia os documentos chegarão, embora possa demorar. Pela enésima vez, eu mudo de vida. Dessa vez, vou vivê-la com o nome de Julian Gruda, que continuará sendo o meu nome pelo resto dos meus dias.

EPÍLOGO

Estou voltando para casa, logo depois da ponte, identificável pelo telhado verde. Minha cadela, Nariz Vermelho, vai e vem à minha frente. Ela ainda não perdeu a esperança de ganhar a corrida contra os carros. A primavera este ano parece estar com pressa, apressada demais, segundo o Sr. Harrison, meu vizinho, preocupado com seus milhares de pés de lírios. Eu ouço o grito dos enormes gansos brancos que voltam dos países quentes em imensos veleiros. Não há gelo no rio diante da casa, o que também é surpreendente. No mês de março, normalmente, placas de gelo desfilam a toda velocidade, de todos os tamanhos, em todos os formatos.

Eu completei 82 anos neste outono. Certamente estou vivendo a última das minhas muitas vidas aqui em Sainte-Angèle-de-Laval, bem perto de Trois-Rivières, onde trabalhei durante trinta anos como professor de bioquímica na universidade.

Se alguém, quando eu era pequeno, tivesse me dito que eu me tornaria professor de ciências! No fim das contas, acabei estudando fisiologia animal e bioquímica na Universidade de Moscou. Pois embora tenha reaprendido o polonês rapidamente, não dominava suficientemente a língua escrita para seguir estudos literários na Polônia ou tornar-me jornalista.

Depois de regressar a Moscou, eu vivi muitos anos na Polônia, até 1968. Esperei que meu pai morresse para deixar o país. Seria um golpe duro demais para ele, que viveu a vida inteira, foi um grande patriota e teria considerado minha partida como uma traição. A vida às vezes é surpreendente. Eu, que queria ser jornalista, entre outras coisas para mostrar as virtudes do comunismo, tornei-me bioquímico e fugi de um país do bloco Leste. Perdi a fé em 1956, quando os tanques soviéticos entraram na Hungria.

Lena, por sua vez, continuou na Polônia até morrer, em 1989. Foi membro do Partido Comunista até 1981, no período do Solidariedade, quando se deixou levar pelo entusiasmo anticomunista que reinava em todo o país e devolveu sua carteira do partido.

No fim do mês, irei passar duas semanas na França. Da minha infância não resta mais ninguém lá, na época em que eu falava a língua dos cães. Quando envelhecemos, necessariamente diminuem cada vez mais as chances de encontrar pessoas com as quais corremos de calças curtas. Minhas filhas fizeram muitas pesquisas na Internet para tentar encontrar Roger Binet. Mas não conseguiram. Elas gostariam tanto de me dar esse presente, ainda que para constatar que ele estava morto, descobrir como ele viveu, aquele cuja identidade me permitiu atravessar a guerra.

Semana passada, foi o oitavo aniversário de morte de Geneviève. Ela foi uma mulher maravilhosa durante toda sua existência, engajada política e socialmente, sempre pronta a ajudar os mais necessitados, a explicar aos filhos, aos netos tudo que quisessem saber sobre a história, a política, a literatura... Sem nunca perder a paciência, exceto diante da injustiça. Já Arnold não envelheceu tão bem. Mas eu sempre o considerei como meu pai espiritual ou ainda como meu pai político. Ele era mal-humorado, às vezes francamente desagradável. Mas sempre feliz de me ver, quando de vez em quando eu voltava para dar uma passada pela Polônia, depois de me mudar para Quebec.

 É aqui que chega ao fim o relato da minha infância; da infância caótica do menino que falava a língua dos cães. Estou louco para presenteá-lo ao meu neto Émile, que tanto ama as aves de rapina. É o único dos meus filhos e netos que herdou meu talento para se comunicar com os animais.

Impresso no Brasil pelo
Sistema Cameron da Divisão Gráfica da
DISTRIBUIDORA RECORD DE SERVIÇOS DE IMPRENSA S.A.
Rua Argentina, 171 – Rio de Janeiro, RJ – 20921-380 – Tel.: (21)2585-2000